Les Chroniques de l'Isle-sur-Sorgue

En 1808 à L'Isle-sur-la-Sorgue, une série de crimes monstrueux terrorise les habitants. Un enfant et un homme sont retrouvés déchiquetés, comme si une bête sauvage - ou le diable lui-même - les avait attaqués.

Parmi les victimes se trouve l'ancien aumônier des armées de Napoléon. Lorsque l'empereur est mis au courant, il charge deux commissaires de sa nouvelle police, Saint-Vérand et de Clavière, dit Passe-partout, d'aller enquêter sur place. Les meurtres ont-ils été commis par des gens du voyage ? Ou par un tueur en série ?

Quand les esprits s'échauffent entre royalistes et révolutionnaires, Saint-Vérand et de Clavière comprennent que l'affaire n'est pas un simple fait-divers et qu'ils ne peuvent faire confiance à personne. Peu à peu, ils vont lever le voile sur une effrayante conspiration qui dépasse tout ce que l'on pouvait imaginer...

Chez votre libraire préféré, mais aussi FNAC - Cultura - Amazon

---

L'Écrivain mène l'enquête Podcast

Vous aimez les histoires criminelles et tout particulièrement celles qui se déroulent au XIXe siècle ?

Alors, prêtez une oreille attentive aux podcasts de la série *l'Écrivain mène l'enquête* sur le site : www.hervemichel.net/podcasts et sur toutes les plates-formes de podcast.

La Maison Rouge

Souvenirs - Gifts

La Maison Rouge
4, rue Michelet
84800 L'Isle sur la Sorgue

Tel : +33 - 6 50 30 49 42
#original84800
contact@original84800.com

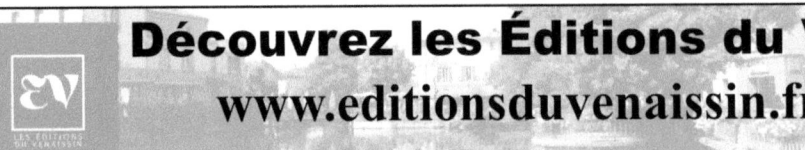

Découvrez les Éditions du Venaissin
www.editionsduvenaissin.fr

Votre publicité pourrait s'afficher ici. Contactez-nous sur Facebook ou par mail :

https://www.facebook.com/Chroniquesdelisle - contact@editionsduvenaissin.fr

Édito

Nous voici donc de retour pour le deuxième numéro des Chroniques de L'Isle-sur-Sorgue. Vous avez réservé un magnifique accueil au premier volet de cette série de mini-romans et nous espérons qu'il en sera de même pour celui-ci.

Que vous habitiez la ville ou ses environs, ou que vous viviez de l'autre côté du pays et que vous veniez nous rejoindre pour les vacances, il est bien difficile de résister aux attraits de cette vieille cité pleine de charmes et de mystères. Peut-être que, grâce à ces Chroniques, vous regarderez L'Isle-sur-la-Sorgue avec un oeil différent. Lorsque vous déambulerez dans les ruelles et les passages étroits, vous penserez aux héros de cette série qui, cent vingt ans plus tôt ont empruntés le même chemin pour mener leurs enquêtes. Car, si les histoires sont fictionnelles, les lieux sont décrits et utilisés avec le plus d'exactitude possible, en fonction bien sûr de ce que nous savons, même s'il peut nous arriver de commettre quelques rares erreurs. Mais qui pourra nous en tenir rigueur. L'essentiel n'est-il pas de passer du bon temps.

Dans ce nouvel opus, nous vous présentons une histoire policière inédidte qui va vous emmener au théâtre. Les plus âgés des L'Islois se souviennent encore du cinéma et du dancing qui ont animé les belles soirées de la jeunesse des années d'après-guerre, mais qui se souvient, mis à part quelques passionnés d'Histoire locale que la ville accueillit, au XIXe siècle, un véritable théâtre à l'italienne où se jouaient sans doute des pièces réputées. La documentation reste hélas rare ou difficile d'accès, mais l'on peut très bien imaginer que de grandes vedettes se sont produites sur ces planches.

Dans cette nouvelle histoire, un meurtre est commis sur scène, devant une centaine de spectateurs qui n'ont absolument rien vu. Pour découvrir le fin mot de l'histoire, une seule solution : prenez un ticket, installez vous au balcon et ouvrez les yeux.

Hervé Michel

REMERCIEMENTS :

Recherches & documentation historique :
Jack Toppin
Direction du patrimoine de L'Isle-sur-la-Sorgue

Corrections & relecture :
Nathalie Arnaud
Denise Arnaud

Contact rédaction :
contact@editionsduvenaissin.fr

Photo de fond de page : Amélie Diéterle, comédienne fut l'une des reines du Paris de la Belle Époque.
Pages intérieures : photos Créatives Commons - Banque d'images - Collections privées.

POUR S'Y RETROUVER

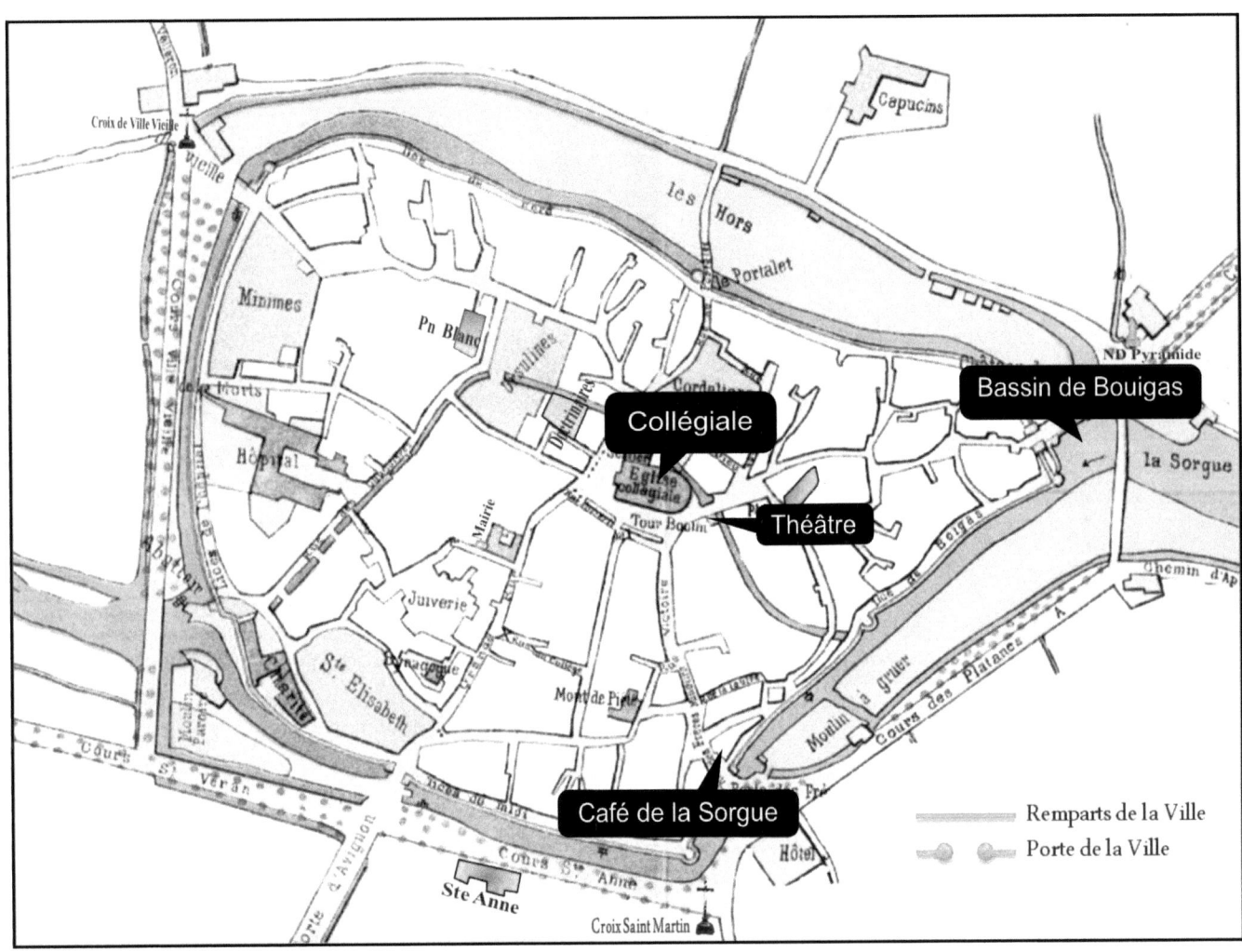

Plan de L'Isle-sur-la-Sorgue à la Révolution, avec repères pour l'histoire - Photo DR

© 2021, Hervé Michel
Édition : BoD - Books on Demand,
12/14 rond-Point des Champs-Élysées, 75008 Paris
Impression : BoD - Books on Demand, Norderstedt, Allemagne
ISBN :9782322396825
Dépôt légal :octobre 2021

Meurtre au théâtre

Une nouvelle policière de Hervé Michel

Acteurs sur scène vers 1920s - Photo domaine public

CHAPITRE I

La lumière tremblotante des becs de gaz réglés à mi-puissance, afin de créer une atmosphère romantique, laissait tout juste deviner les deux corps enlacés qui s'agitaient doucement sous le drap de satin blanc. Soudain, au milieu des ébats, un bruit de clés dans la serrure, des pas qui s'approchent… les deux amants émergèrent tout échevelés du frêle rempart de tissus. Les yeux de la fille s'agrandirent, reflétant un sentiment de panique. Elle mit une main devant sa bouche pour bâillonner le cri qui voulait s'en échapper.

L'homme, beau gosse, fines moustaches, se leva d'un bond et ramassa ses affaires éparpillées dans la chambre.

— Tu m'avais assuré que ton mari ne rentrerait pas, ce soir, dit-il avec un ton de reproche dans la voix.

La jeune femme, une superbe créature aux cheveux bouclés et aux magnifiques yeux noirs ne répondit pas. Elle l'embrassa rapidement sur les lèvres et lui désigna l'armoire.

— Cache-toi là et surtout ne fais pas de bruit !

Sans un mot, le beau gosse s'engouffra dans le grand meuble et referma la porte au moment même ou un type d'une vingtaine d'années plus âgé que la fille entra. Cette dernière sauta du lit et se précipita vers lui pour se pendre à son cou.

Tu rentres déjà, mon chéri ? Comme je suis contente, je ne t'attendais que demain !

— J'ai pu prendre une voiture et me voilà !

Il lança son chapeau sur le matelas, ôta son manteau en laine grise et tendit la main vers la poignée de la porte de l'armoire. Sa jeune épouse poussa un petit cri.

— Mais qu'est-ce que tu fais, mon chéri ?

L'homme eut l'air surpris.

— Eh bien je range mon pardessus, que veux-tu que je fasse d'autre ?

— Tu n'y penses pas ?

Le mari fit une grimace stupide qui fit éclater la salle de rire. Dans le public, Mariette s'accrocha au bras de Jules.

— Ces auteurs modernes, tout de même, dit-elle avec un petit gloussement, ils osent tout, tu ne trouves pas ?

Jules hocha la tête en souriant à la jolie rousse aux yeux bleus. Il n'était pas un grand amateur de théâtre, mais il savait combien son épouse adorait ce genre de divertissement. Alors, quand des affiches avaient été placardées dans toute la ville annonçant cette pièce, jouée par la divine Charlotte Duplantier, il avait immédiatement acheté deux billets.

— Elle est vraiment belle, tu ne trouves pas ? Mais je pensais qu'elle porterait son fameux collier en diamant. Les journaux ne parlent que de ça, dit Mariette un peu déçue.

— Chut ! Un peu de silence… murmurèrent plusieurs voix derrière eux.

Mariette haussa les épaules et se serra contre Jules, tandis qu'en bas, sur la scène, Charlotte Duplantier rivalisait d'imagination pour dissuader son vieux mari d'ouvrir l'armoire, provoquant des éclats de rire dans le public.

Dans la pénombre des fauteuils d'orchestre, cinq ou six mètres plus bas, Jules distingua la silhouette élancée de Laurent Thibodet qui, le temps de la soirée, avait quitté son uniforme de lieutenant de gendarmerie. Près de lui se tenait Violette, sa femme. Les deux jeunes gens s'étaient mariés l'hiver précédent après la résolution de la terrible affaire de l'assassinat du père Roman. L'histoire avait mis en émoi toute la ville, mais depuis, le calme était revenu à L'Isle-sur-Sorgue.

Sur la scène, la tension venait de monter d'un cran. L'époux bafoué avait compris que sa jeune moitié cachait quelque chose ou plus sûrement quelqu'un dans l'armoire. Charlotte Duplantier eut beau faire

Les Chroniques de l'Isle-sur-Sorgue

un rempart de son corps pour empêher le cocu de découvrir le responsable de son infortune, mais rien n'y fit. L'homme ouvrit le tiroir de la table de nuit et en retira un revolver qu'il braqua en direction de l'armoire.

— Géraldine, je te préviens, écarte-toi ou je vous tue tous les deux ! dit-il d'un ton résolu. Monsieur, sortez si vous n'êtes pas un lâche.

Dans la salle, le public retenait son souffle. Mariette se serra encore un peu plus contre Jules qui, lui aussi, s'était pris au jeu.

— Dernier avertissement ! cria le mari cocu en relevant le chien du revolver.

Toujours pas de réponse. Charlotte Duplantier se jeta à ses pieds.

— Arrête, mon chéri, ce n'est pas ce que tu crois. Ne fais pas de bêtises.

Elle fut repoussée sans ménagement et l'homme pressa la détente. Le coup partit, assourdissant et un nuage de fumée âcre envahit un instant la scène. Quand le nuage fut dissipé, au bout d'une minute ou deux, il y eut comme un blanc, chez les acteurs. Charlotte Duplantier regarda son mari qui paraissait surpris, indécis même. Finalement, ce dernier s'avança, l'arme en avant et ouvrit la porte. Le revolver lui glissa entre les doigts et fit un bruit mat en rebondissant sur les planches de la scène, lorsque le beau gosse lui tomba dans les bras.

La salle, à son tour, connut un instant de flottement. Cette scène paraissait étrange, d'autant plus que le mari cocu recula vivement en regardant ses mains maculées de sang. Charlotte Duplantier hurla au moment où Riccardo Zartoff, le directeur du théâtre ordonna au machiniste de fermer le rideau.

Quelques minutes plus tard, Zartoff revint sur le plateau. Son visage, encadré par de longs cheveux châtain clair, prolongé par deux bajoues qui lui donnaient un air de bouledogue sympathique affichait une mine grave. Il lissa sa petite moustache, sembla chercher ses mots et finalement fit une annonce.

— Mesdames et messieurs, nous vous prions de nous excuser, mais un de nos acteurs s'est trouvé mal, nous devons interrompre la représentation pour ce soir. J'en suis désolé.

Dans la salle, ce fut un tollé, suivi d'un concert de sifflets.

— C'est une honte… Rembourse-nous, escroc… On n'a jamais vu ça… les réactions s'enchaînèrent, jusqu'à ce que le lieutenant Thibodet demande le silence.

Le gendarme essuya à son tour les quolibets de la foule. Mariette secoua le bras de Jules.

— Tu devrais y aller. Toi, ils t'écouteront, sinon, ils vont tout casser.

Jules acquiesça. Il se leva, longea le balcon, prit les escaliers qui conduisaient à l'orchestre. Il dut se frayer un passage jusqu'à la scène sur laquelle il sauta agilement malgré sa forte stature. Zartoff suait à grosses goûtes. Il poussa un soupir de soulagement lorsqu'il vit le pêcheur de Sorgue venir à son aide. Il savait que tout le monde respectait l'ancien policier.

Jules leva les bras et fit entendre sa voix puissante.

— Allons, les amis, calmez-vous. Ça ne sert à rien de s'énerver ainsi. Je suis sûr que le directeur de notre théâtre fera un effort pour rembourser au moins en partie vos billets. Il s'agit d'un incident indépendant de sa volonté.

— Ouais, il faut qu'il nous rembourse ! cria la salle.

Thibodet monta à son tour sur la scène.

— Bon, ça suffit à présent. Vous allez tous regagner la sortie et sans bousculades, sinon je fais intervenir la troupe.

De nombreux sifflets lui répondirent, mais finalement, les spectateurs se dirigèrent vers l'accueil. Lorsque le calme fut revenu, Jules demanda :

— Riccardo, tu peux nous expliquer ce qui se passe ?

Zartoff fit signe aux deux hommes de le suivre. Sur la scène, les acteurs et les techniciens s'étaient regroupés autour du beau gosse allongé, une plaie béante à l'abdomen.

Jules se pencha sur lui et écouta sa respiration. Zartoff suait toujours à grosses gouttes. Il s'épongea le front à l'aide de son mouchoir et demanda :

— Il est…

— Tout ce qu'il y a de plus mort, l'interrompit Jules. Puis s'adressant à Thibodet — tu devrais faire prévenir le commandant Brunet.

Thibodet disparut un instant et revint mission accomplie.

— J'ai chargé Violette d'aller chercher les collègues. Ils ne tarderont pas. Tu devrais y aller, parce que si le commandant te trouve là…

Jules sourit. Entre Brunet et lui, c'était une vieille rivalité. Pourtant, à plusieurs reprises, l'officier de gendarmerie avait fait appel à ses connaissances d'ancien inspecteur de la Sûreté parisienne.

Jules fit comme s'il n'avait pas entendu il se tourna vers Zartoff.

— Tu peux nous expliquer ce qui s'est passé ?

Le directeur du théâtre écarta les bras et les laissa retomber le long de ses cuisses.

— Pas la moindre idée. Normalement, lorsque monsieur Perlud — il désigna alternativement le mari cocu et la victime — a fait feu, Charles Rosier aurait dû sortir les mains en l'air…

— Sauf que la balle l'a cueilli en plein cœur, dit Thibodet en montrant la tache de sang qui maculait la chemise mal reboutonnée du mort.

— Mais c'est impossible ! rétorqua Zartoff. On utilise que des charges à blanc, vous imaginez bien.

Jules ramassa le gros revolver qui se trouvait toujours là où le cocu l'avait laissé tomber. Il retira une à une les cartouches du barillet. Un seul étui était vide.

— C'est bien des balles à blanc, murmura Jules. Mais l'étui qui a été percuté est différent des autres. Il ne vient pas du même lot.

— Quelqu'un aurait glissé un véritable projectile dans l'arme ? questionna Thibodet.

Un ancien lavoir avec des femmes lavant le linge - Photo : Collection privée

Jules secoua la tête, négativement, et désigna l'armoire.

— Ce n'est pas cette arme qui a tué le comédien. Regarde, la porte de l'armoire est intacte. S'il s'était agi d'une vraie balle, elle l'aurait fait voler en éclat.

— C'est étrange ! dit Thibodet en examinant l'armoire qui ne présentait effectivement aucun impact.

— Pas autant que cela, répondit Jules en désignant le visage de la victime.

Thibodet vint s'accroupir à côté du corps.

— Ses lèvres sont bleues, dit-il. Qu'est-ce que ça veut dire ?

Jules secoua la tête.

— Je ne sais pas, Thibodet, je ne sais pas. Et regarde le bout de ses doigts, on dirait qu'ils sont brûlés.

Des bruits de pas et des éclats de voix résonnèrent dans la salle. Le rideau de gros velours rouge s'écarta, laissant apparaître le visage du commandant Brunet.

— Tiens, pourquoi je ne suis pas étonné de le trouver ici, celui-là, grogna l'officier de gendarmerie en apercevant Jules, près du cadavre.

— Il m'a aidé à éviter la panique, intervint Thibodet.

— La ferme, lieutenant ! ordonna Brunet. Et toi, Monier, je vais te demander de quitter ce lieu. Les civils n'ont rien à faire là.

Jules leva les yeux au ciel et regagna la salle où Mariette l'attendait avec impatience. Le terrible orage qui avait duré près de quatre heures avait totalement inondé les rues de la ville et elle ne voulait pas rentrer seule à la maison.

CHAPITRE II

Le commandant Brunet traînait sa longue silhouette de long en large, dans son bureau impeccablement rangé. Sur l'un des murs, un portrait du président Sadi Carnot semblait l'observer avec amusement. Brunet s'arrêta un moment devant la fenêtre pour contempler la rue. En bas, deux couples de touristes, probablement des Anglais, déambulaient en admirant les eaux vertes de la Sorgue. Les femmes en toilettes légères s'abritaient du soleil sous des ombrelles blanches, tandis que les hommes en canotiers et tenues de sport parlaient en fumant le cigare. Quelques L'Islois s'étaient réfugiés à l'ombre du lavoir sur le quai des Frères Mineurs.

C'était une sale affaire que Brunet avait sur les bras. Le meurtre d'un comédien sur scène et devant deux cents témoins qui n'avaient rien vu en plus. C'était inconcevable, tout comme ce vol. En effet, après la représentation fatale, Charlotte Duplantier avait découvert que son appartement, au-dessus du Grand Café de la Sorgue, avait été visité par un monte-en-l'air. On lui avait dérobé plusieurs bijoux, mais surtout sa célèbre rivière de diamants estimée à plusieurs millions de francs.

Soudain, le gendarme crut que son cœur allait manquer un battement. Dans la rue, il aperçut celle qu'il attendait, non sans une certaine anxiété. Charlotte Duplantier était vêtue d'une élégante robe lie-de-vin avec un col à jabeau blanc qui soulignait son cou délicat sur lequel était posé le plus joli visage qu'il ait jamais vu. C'était une des actrices les plus en vue dans la bonne société parisienne. Elle était probablement la maîtresse de quelques ministres et surtout celle d'Arthur Fayard, l'un des plus gros industriels de la ville. D'ailleurs, c'était lui qui lui avait offert le merveilleux bijou dont la presse ne cessait de vanter la beauté.

Charlotte s'avança vers la gendarmerie d'une démarche souple, féline presque. Elle s'adressa au planton qui lui désigna le portail de la caserne. Quelques instants plus tard, Brunet entendit ses pas légers dans l'escalier, puis on toqua à la porte.

— Entrez, dit-il simplement.

Le battant s'ouvrit et l'adorable minois de l'actrice apparut dans l'encadrement.

— Commandant Brunet ? demanda-t-elle d'une voix douce et sensuelle.

Brunet s'avança et la gratifia d'un baise-main un peu gauche. Il tira une chaise, face à son bureau et la pria de s'y installer.

— Chère mademoiselle, laissez-moi tout d'abord vous dire que je suis un de vos admirateurs et ensuite que vous me voyez réellement désolé de vous importuner, mais vous comprenez… Il s'agit d'un meurtre. Je dois enquêter.

— Et d'un ignoble cambriolage, précisa-t-elle avec une telle émotion que le gendarme crut qu'elle allait se mettre à pleurer.

Il lui tendit son mouchoir qu'elle accepta.

— Certes, mais ce sont deux choses différentes. Rassurez-vous, nous retrouverons votre collier. En ce qui concerne le décès de monsieur Rosier…

— Bien sûr, commandant, bien sûr. Excusez-moi, je ne suis qu'une égoïste. Je répondrai volontiers à vos questions. Je suis toute à vous.

Brunet se racla la gorge.

— Bien, racontez-moi ce qui s'est passé.

— Eh bien, commandant, que vous dire de plus que ce que j'ai déjà rapporté à votre charmant lieutenant. Les deux cents personnes qui assistaient à la représentation vous feront exactement le même récit. Charles est entré vivant dans l'armoire et il en est ressorti… mort.

Elle avait prononcé ces paroles avec une telle candeur que Brunet en fut ému.

— N'avez-vous rien remarqué de particulier ? poursuivit-il.

Charlotte Duplantier hocha la tête.

— Il est vrai qu'à un certain moment, j'ai senti une odeur assez désagréable. Comme un effluve de poisson ou de marée. C'était assez écœurant. Et puis…

Elle hésita un instant.

— Et puis ? répéta Brunet pour l'inciter à continuer son récit.

— Eh bien sa chemise était mal boutonnée, alors qu'elle l'était quand il est entré dans l'armoire.

Brunet la regarda incrédule. Ce que les femmes ne vont pas aller remarquer. Il demanderait à Thibodet de vérifier. Il nota tout de même sa réponse et poursuivit.

— Quelles relations aviez-vous avec la victime ?

Elle le dévisagea un peu surprise.

— Qu'entendez-vous par là, commandant ?

Il écarta les bras pour signifier qu'il s'agissait d'une question simple.

— Nous étions partenaires de scène depuis quelques semaines, seulement. Je ne le connaissais que superficiellement. Mais vous devriez peut-être chercher du côté de sa vie privée.

— Expliquez-vous ! Une femme ?

— C'est possible, cet homme était un coureur de jupons, comme tous les hommes, je suppose. Mais je parlais de ses problèmes d'argent. Il était toujours en recherche de liquidités. Je crois qu'il avait des dettes un peu partout, y compris parmi les membres de la troupe.

Brunet s'adossa à son siège.

— Avez-vous des noms à me citer ?

— Écoutez, commandant, je ne voudrais pas être mauvaise langue et causer du tort à un innocent…

— Ne vous inquiétez pas de cela, mademoiselle, j'ai une certaine habitude de ces choses !

Elle hésita un moment.

— Je crois que vous devriez vous intéresser à monsieur Perlud.

— Celui qui tient le rôle de votre mari ?

Elle regarda autour d'elle, comme pour vérifier que personne ne les espionnait et fit oui de la tête.

— Eh bien merci pour votre témoignage, mademoiselle. Je ne vais pas vous déranger plus longtemps.

La jeune femme se leva et adressa un magnifique sourire à l'officier.

— Merci commandant, mais je vous en prie, vous me feriez un grand plaisir en m'appelant Charlotte.

Brunet se leva à son tour. Il rougit et afficha un air un peu niais. Charlotte prit congé, mais au moment de franchir la porte, elle se retourna.

— Et pour mes bijoux ?

Brunet, toujours sous hypnose bredouilla :

— J'ai mis mes meilleurs hommes sur cette affaire, je vous promets de les retrouver.

— Lorsque ce sera fait, j'espère que vous accepterez un dîner avec moi, en tête à tête, minauda-t-elle.

Puis, sans attendre la réponse, elle disparut.

Brunet se rassit. Il se demandait encore ce qui venait de se passer.

CHAPITRE III

Jules, assis à la grande table de la cuisine, observait Mariette d'un air soupçonneux.

— Zartoff serait ruiné ? J'ai du mal à y croire. Et de toute manière, quel rapport avec le meurtre de Rosier.

— Je ne sais pas, mais ça a peut-être à voir avec le vol du collier. Il paraît que la semaine dernière, Zartoff a promis à ses créanciers qu'il les rembourserait cette semaine. Juste quand on a su que Charlotte Duplantier et sa rivière de diamants viendraient se produire à l'Isle. Étrange, tu ne trouves pas ?

Il essuya sa moustache à l'aide d'une serviette à carreaux.

— Et comment es-tu au courant de ça ? poursuivit-il.

Mariette éclata de rire.

— Est-ce que je te demande, moi, où sont tes coins à truites ?

Il préféra laisser tomber. Il savait depuis longtemps qu'on ne pouvait rien cacher aux femmes de l'Isle.

On frappa à la porte. Jules se leva et alla ouvrir. Il se trouva face à Thibodet qui paraissait énervé.

— Le commandant vient d'arrêter le directeur du théâtre.

— Pour le vol du collier ?

La mâchoire inférieure de Thibodet sembla se décrocher.

— Mais comment…

— Ne me dis pas que ta femme n'est pas au courant ! le coupa Jules sur un ton sarcastique.

Thibodet haussa les épaules et entra sans attendre d'y être invité.

Le jeune gendarme suivit le pêcheur qui reprit sa place à table. Sans rien demander, Mariette rajouta une assiette et servit une belle portion de gratin au gendarme. Entre deux bouchées, Thibodet raconta à son ami l'arrestation du directeur du théâtre après l'interrogatoire de Charlotte Duplantier.

Jules hocha la tête.

— C'est sûr que ça nous fait un mobile possible. Zartoff a-t-il dit quelque chose ?

— Juste qu'il était innocent, mais il ne veut pas dire où il était durant la représentation. Personne ne l'a vu jusqu'à ce qu'il rejoigne les autres, après la découverte du cadavre.

Jules fit la moue.

— Reste à savoir comment il a procédé, si c'est bien lui le coupable. Et s'il a bien volé le collier est-ce que le meurtre de Rosier y est lié ?

— Je dois aller faire une inspection au théâtre pour essayer de tirer tout ça au clair. Le commandant est parti à Avignon, pour la journée, si tu m'accompagnais, Jules ?

La place aux herbes - photo collection privée.

— Il faut que je travaille, cet après-midi, répondit Jules. Avec le petit Arnaud, on doit aller lever quelques cordeaux à anguille.

Thibodet se boucha les oreilles pour signifier qu'il ne voulait pas entendre cet aveu de délit, la pêche au cordeau étant considérée comme du braconnage.

— Allons, dit Mariette en s'adressant à Jules, tes poissons seront toujours là demain et le petit Arnaud il est plus jeune et plus adroit que toi pour faire ça. Et ne me dis pas que tu ne meurs pas d'envie de savoir le fin mot de l'histoire !

Une heure plus tard, les deux hommes se retrouvaient sur la place aux herbes. Ils passèrent sous le porche ombragé au fronton duquel s'affichait le mot « Théâtre » en grosses lettres de bois et grimpèrent les marches qui conduisaient à la grande porte d'entrée.

Un gendarme en faction salua Thibodet et déverrouilla la porte sur laquelle on avait apposé des scellés.

Lorsqu'ils pénétrèrent dans le hall, une agréable fraîcheur les enveloppa. L'orage de la veille n'avait même pas réussi à faire baisser la température. Les lieux étaient déserts, car le commandant Brunet avait ordonné la fermeture de l'établissement pour quelques jours, le temps de l'enquête.

Ils parvinrent à l'orchestre où le ménage avait été fait. Tous les sièges étaient repliés, dans les loges comme au balcon. Tout paraissait en ordre, à l'exception du rideau de gros velours rouge que l'on avait laissé ouvert. Sur scène, le décor était toujours en place. Les deux hommes grimpèrent les quelques marches qui conduisaient aux planches.

— Résumons la situation, dit Jules. D'après le médecin, Rosier est mort poignardé au cœur. Donc, rien avoir avec la balle tirée par Paul Perlud. C'était bien une balle à blanc, on a pu le vérifier.

Le pêcheur ouvrit la porte de l'armoire et s'agenouilla pour observer le sol. Thibodet le rejoignit.

— Mais comment a-t-il pu être assassiné là-dedans ? Personne ne s'est approché, tu l'as vu aussi bien que moi.

Jules ne répondit pas, mais désigna une flaque poisseuse sur le plancher.

— Regarde ! c'est du sang. Mais c'est étrange, il n'y en a pas beaucoup.

— On l'aurait tué ailleurs ? Mais comment ?

— Non, on l'a bien poignardé ici, dit Jules en montrant une éclaboussure sur le fond du meuble. On voit bien que le sang a giclé contre le bois de l'armoire. Mais la trace est bizarre elle présente un bord net comme si…

Jules entra dans l'armoire, en prenant bien garde de ne pas marcher dans le sang coagulé et poussa sur le dos du meuble, mais rien ne se produisit. Il remarqua un crochet dans le coin supérieur gauche. Il le manœuvra dans tous les sens et, soudain, un léger cliquetis se fit entendre. Un panneau s'ouvrit et pivota lentement.

— Ça alors !, s'exclama Thibodet. C'est comme les malles truquées qu'utilisent les magiciens.

Jules lui fit signe de le suivre. Derrière l'armoire, ils trouvèrent un espace vide et, plus loin, une porte cadenassée. Ils tentèrent de la forcer, mais le bois était solide et la serrure de bonne qualité.

— Je peux vous aider ?

Les deux hommes se retournèrent vivement. Ils reconnurent Émile Fontier, le machiniste et le factotum du théâtre.

— Sais-tu ce qu'il y a, là derrière ? questionna Thibodet.

L'autre haussa les épaules.

— Bien sûr que je le sais, ça fait un an que je travaille ici. C'est une pièce que l'on n'utilise plus depuis un moment, il n'y a rien à l'intérieur.

— Tu as la clé ?

Émile hocha la tête. Il disparut quelques minutes et revint avec un trousseau qu'il tendit au gendarme.

— Ça doit être celle-là, dit-il en désignant une petite clé dorée.

Thibodet s'en empara et la donna à Jules qui fit jouer la serrure. La porte pivota doucement, avec un léger grincement de gonds rouillés et une forte odeur d'humidité parvint aux deux hommes.

— Tiens tiens, dit Jules en passant prudemment la tête par l'embrasure.

CHAPITRE IV

Jules et Thibodet pénétrèrent dans une pièce qui devait mesurer, tout au plus, une dizaine de mètres carrés. Elle était éclairée par une étroite fenêtre dont plusieurs carreaux étaient brisés. Ils durent emprunter les quelques marches d'un escalier en bois vermoulu pour accéder au local, un peu en contrebas. Mis à part une vieille cheminée dont l'âtre était condamné par une planche, il n'y avait absolument rien, pas le moindre meuble. Le sol était recouvert d'une épaisse couche de poussière dans laquelle on distinguait plusieurs traces de pas récentes.

— On dirait que ce local n'est finalement pas à l'abandon, remarqua Thibodet en s'accroupissant pour mieux observer les empreintes.

— Trois personnes ont marché ici, dit-il.

À l'opposé de l'escalier par lequel ils étaient arrivés se trouvait une porte. Jules manœuvra la poignée, mais la serrure était verrouillée. Il chercha dans le trousseau que lui avait remis le machiniste et, au bout de deux ou trois essais, il découvrit celle qui correspondait. Derrière la porte apparut un palier d'où partait un double escalier. Sur les murs, des becs de gaz en forme d'angelots dorés dispensaient une faible lumière. Jules et Thibodet s'engagèrent dans l'escalier de droite, celui qui montait à l'étage. Les marches craquaient à chacun de leurs pas. Ils débouchèrent dans une chambre mansardée. Il y avait là un lit défait dont les draps étaient froissés, une table de nuit, une chaise et une sorte de penderie.

— Je ne connaissais pas cette partie du théâtre, dit Thibodet.

Il s'avança vers une petite fenêtre pour tenter de comprendre où ils se trouvaient. Il aperçut les murs de la Tour d'Argent.

— Nous sommes au-dessus de la place aux grains, expliqua-t-il à Jules qui venait de se pencher sur le lit.

Le pêcheur fit une grimace. Les draps sentaient très fort la sueur.

— Il y a eu des ébats, ici, et c'est très récent !

Thibodet opina du chef. Soudain, un reflet sur le sol, près de la chaise, accrocha son regard. Il se baissa pour ramasser l'objet et ouvrit de grands yeux.

— Ça alors, s'exclama-t-il en montrant sa trouvaille à Jules.

Il s'agissait d'un bouton en cuivre.

— Mais c'est un bouton militaire, s'étonna le pêcheur.

Thibodet le plaça près des boutons de sa vareuse. Il était identique ; ce bouton appartenait à l'uniforme d'un gendarme.

Très troublés, les deux hommes finirent d'inspecter la chambre, mais ne découvrirent rien de plus. Ils redescendirent, passèrent devant le local par lequel ils étaient arrivés et se dirigèrent vers l'étage inférieur.

Une nouvelle porte les arrêta, mais celle-ci n'était pas fermée à clé. Jules manœuvra la poignée et poussa le battant. Une vive clarté leur fit plisser les yeux. Lorsqu'ils furent habitués à la luminosité ambiante, ils entrèrent. Par une fenêtre, face à eux, on apercevait la grosse horloge du clocher, celle-là même où, quelques mois plus tôt, on avait retrouvé le pauvre curé de L'Isle pendu.

— Cette pièce-là, je la connais, dit Thibodet.

— Moi aussi, rétorqua Jules. C'est le bureau de Zartoff, j'y suis venu une fois ou deux.

— Peut-être que Zartoff et Rosier étaient complices pour le vol du collier. Pour une raison qui nous échappe encore, ils se seront disputés et Zartoff a tué Rosier. Ca expliquerait pas mal de choses. Qu'est-ce que tu en penses, Jules ?

— Et comment tu expliques le bouton, dans la chambre là-haut ?

— À mon avis, il n'a rien avoir dans cette histoire. De toute manière, je saurais bien à qui il appartient. Ce soir j'organiserai une revue de détail. On verra bien sur quel uniforme il manque un bouton.

— Reste à raconter tout ça au commandant Brunet. Mais tu devrais oublier de lui dire que nous étions ensemble.

— Pour sûr ! répondit Thibodet en riant.

— Il ne faudrait tout de même pas se contenter de cette hypothèse. Ce serait bien de poursuivre les interrogatoires et de comprendre pourquoi Zartoff se mure ainsi dans le silence.

Ils quittèrent le théâtre et se séparèrent. Thibodet prit le chemin de la gendarmerie, toute proche, tandis que Jules remonta la rue Victoire pour se diriger vers la porte des Frères mineurs. L'horloge de l'église indiquait quatre heures et demie. Il était bien trop tard pour partir sur la rivière. Tant qu'à faire autant aller boire un Noilly Prat au Grand Café de la Sorgue où les acteurs étaient logés par le cabaretier, Cyprien Fériaud, le temps de leur tournée.

À cette heure, la salle du Grand Café était presque déserte. Les ouvriers s'éreintaient encore aux machines des usines de laine et de soie, les pêcheurs étaient toujours sur la Sorgue et les paysans aux champs.

Seuls trois ivrognes jouaient au Boston à une table près de l'entrée, en éclusant une sorte de vin rouge épais que le patron leur servait à moindre coût. À côté de la fenêtre, dans le fond de la salle, Charlotte Duplantier, une tasse de chocolat fumant posée devant elle, le regard dans le vague, semblait absorbée par ses pensées.

Jules s'approcha et elle le reconnut.

— C'est bien vous qui êtes monté sur scène, hier soir, n'est-ce pas ?

Jules opina du chef et s'avança.

— Vous êtes policier ? poursuivit-elle.

— Un simple pêcheur de Sorgue, rétorqua Jules.

Le visage de Charlotte s'éclaira. Apparemment, elle n'aimait pas les policiers.

— Voyez-vous ça, pêcheur de Sorgue, mais asseyez-vous, je vous en prie, dit-elle en désignant un siège libre à sa table.

Le ton était légèrement sarcastique. Jules comprit qu'elle voulait s'offrir quelques minutes d'amusement en se moquant d'un pauvre type. Elle ne pouvait pas savoir que l'ancien inspecteur de la Sûreté parisienne en avait rencontré des tas de femmes comme elle et des bien plus roublardes encore.

— Vous ne savez pas quand doit reprendre la représentation ? questionna Jules

— D'ici quelques jours, d'après les argousins.

Jules plissa les yeux. En une phrase, Charlotte Duplantier venait de lui révéler ses origines populaires.

— Incroyable cette histoire, poursuivit-il. Je me suis laissé dire que c'est grâce à votre témoignage que Zartoff a été arrêté.

Elle se raidit un instant.

— Je vois que dans les villes de province, la police sait garder un secret. En même temps, je n'ai raconté que la vérité.

— Et pour vos bijoux, avez-vous des nouvelles ?

Elle secoua négativement la tête.

— Là encore, il y a un grand mystère. L'établissement était fermé et ma porte n'a pas été forcée. C'est incompréhensible.

Jules avait remarqué que la jeune femme ne cessait de passer sa main à la base de son cou, sur lequel on devinait une épaisse couche de maquillage. Il en fut intrigué, mais ne fit aucun commentaire.

— Je vous remercie pour votre conversation qui m'a été très agréable, dit-il en se levant.

Il n'avait plus soif.

Elle le regarda partir, un peu vexée qu'il la laisse ainsi en plan, avant qu'elle n'ait eu le temps de s'amuser.

Au moment où Jules allait sortir, le cabaretier lui fit un signe discret pour l'inviter à le rejoindre dans l'arrière-salle.

CHAPITRE V

Le ciel se teintait de mauve au-dessus des toits de L'Isle. Les habitants du quartier de Bouigas avaient sorti chaises et fauteuils en osier et profitaient, devant leur porte, de la fraîcheur du soir qui tombait. C'était l'heure des voisins, ce moment privilégié ou le dur labeur de la journée n'est plus qu'un souvenir qui subsiste dans les muscles endoloris et les articulations un peu raides et où l'on parle de tout et de rien. Les fenêtres s'illuminaient progressivement à la lueur pâle et tremblotante des médiocres bougies de suif qui brûlaient en grésillant. Au loin, un éclair déchira le ciel.

— Un, deux, trois…

Le père Borel eut le temps de compter jusqu'à cinq avant que la détonation ne vienne secouer les vitres du quartier.

— Il est sur Le Thor, dit-il en tirant sur un vieux mégot. Vu la direction du vent, on devrait y échapper pour ce soir.

C'était un drôle d'été, caniculaire durant la journée et orageux la nuit. Des orages de fin du monde qui, au petit matin, semblaient n'avoir été que de mauvais rêves et ne laissaient comme preuve de leur colère que quelques flaques vite évaporées.

À quelques pas du père Borel, Jules fumait la pipe, tandis que Mariette reprisait une chemise déchirée à la manche. C'était une vie simple qui s'écoulait lentement au rythme des saisons et qui convenait parfaitement à l'ancienne petite Parisienne.

— Tiens, voilà les bleus ! s'exclama une voix près d'une maison aux volets couleur lavande.

Thibodet et son épouse se promenaient main dans la main. Le jeune lieutenant était l'un des seuls militaires qui pouvaient flâner à cette heure-là dans le quartier, sans risquer de recevoir un pot de chambre sur la tête. Tout le monde connaissait les liens d'amitié qui l'unissait à Jules, un pêcheur particulièrement respecté.

— Bonsoir, Violette, prend une chaise dans la cuisine et viens t'asseoir près de moi. Je suppose que ces deux-là ont à se parler, avança Mariette en désignant les deux hommes.

Jules souffla un long panache de fumée en se levant.

— Laisse dire ces commères, Laurent. Rentrons que je t'offre un peu de vin bien frais.

Jules, comme tous les L'Islois, n'appelait le gendarme par son prénom qu'en de rares occasions. Les deux hommes entrèrent. Une fois dans la cuisine, ils s'installèrent après que Jules ait débouché une bouteille et pris deux verres dans le buffet. Il les remplit généreusement.

— As-tu pu découvrir à qui appartenait le bouton d'uniforme que nous avons trouvé cet après-midi ? questionna-t-il.

Thibodet hocha la tête.

— Au gendarme Estévenin, mais il jure qu'il ne sait pas comment il est arrivé là.

— Et tu le crois ?

— Pas une seconde, il ment, j'en suis sûr. Mais je n'ai pas insisté afin de ne pas le braquer au cas où il serait pour quelque chose dans cette affaire.

— Tu as très bien fait. Moi, de mon côté j'ai eu une discussion intéressante avec Cyprien Fériaud du Grand Café de la Sorgue. Figure-toi que la veille du meurtre, il a surpris une violente dispute entre Rosier et Paul Perlud. Il serait bon de savoir pourquoi.

— Ça, je crois pouvoir te le dire. Je ne suis pas resté les bras croisés après notre visite au théâtre. J'ai envoyé un de mes hommes à Avignon pour interroger le directeur de l'établissement où se produisait la troupe, avant de venir chez nous. Il nous a appris plusieurs choses. Tout d'abord, il y a eu une altercation entre la victime et l'amant du moment de Charlotte Duplantier, Arthur Fayard. Fayard soupçonnait Rosier de tourner autour de sa chérie ou alors du collier de diamants qu'il lui avait offert.

Thibodet but une gorgée de vin avant de poursuivre :

— Ensuite, il y avait un contentieux d'argent entre Perlud et Rosier. Ce dernier aurait escroqué Perlud d'une belle somme. C'est sans doute pour cela qu'ils se disputaient au Grand Café. Enfin, Rosier a reçu plusieurs fois la visite d'un personnage que nous avons rencontré cet après-midi même. Je te le donne en mille, Émile Fontier.

— Le machiniste ! s'exclama Jules.

— Je ne te le fais pas dire.

— Bon travail, Thibodet, tu as vraiment fait du bon travail. On y voit ainsi un peu plus clair.

Thibodet écarquilla les yeux.

— Tu plaisantes, moi je n'y comprends plus rien.

Jules sourit.

— C'est parce que tu dois regarder tout cela en prenant du recul.

Le gendarme secoua la tête. Jules était toujours de bons conseils, mais ça n'était pas forcément évident au premier coup d'œil.

— Alors, on fait quoi ? demanda-t-il.

— Pour l'instant, mon ami, nous allons reboire un verre de cet excellent vin. Demain, nous parlerons au machiniste.

Thibodet opina du chef et avala une nouvelle rasade de vin. Soudain, un coup de tonnerre claqua comme une bombe et quelques gouttes se mirent à tomber. Apparemment, le père Borel s'était trompé dans ses prévisions météorologiques. C'était rare, mais cela pouvait arriver, la preuve.

Mariette et Violette se réfugièrent à l'intérieur avec leurs chaises au moment où la pluie se déchaîna.

— Nous avons tout juste le temps de rentrer, dit Thibodet en prenant la main de son épouse.

Ils allaient franchir le pas de la porte, lorsqu'un gendarme accourut, déjà trempé.

— Mon lieutenant, mon lieutenant ! Il faut venir vite. Le commandant va finalement passer la nuit à Avignon et il s'est produit quelque chose de terrible. Un nouveau meurtre au théâtre !

CHAPITRE VI

De grosses gouttes de pluie frappaient bruyamment les tuiles rouges des toitures et tambourinaient aux volets clos des fenêtres lorsque Jules, Thibodet et le brigadier qui était venu porter la mauvaise nouvelle s'engouffrèrent sous le porche du théâtre. Ils prirent quelques secondes pour ébrouer leur longs manteaux avant de grimper les marches qui conduisaient à l'entrée principale. Un autre gendarme, retranché dans l'encadrement de la porte avec un air de chien battu, montait la garde. Il ouvrit aux trois hommes et profita de l'occasion pour se réfugier à l'intérieur.

Les becs de gaz avaient été allumés, de sorte que la grande salle semblait attendre le début d'une représentation. Ne manquaient que les spectateurs. Sur la scène, le décor de la pièce était resté en place depuis le meurtre. Le médecin de la ville se tenait penché au-dessus du lit, dans lequel on devinait une forme humaine allongée.

Thibodet et Jules le rejoignirent. Un corps était effectivement étendu, face contre le matelas.

— Qui est-ce ? questionna Thibodet.

Le médecin, un type maigre à faire peur, avec un crâne dégarni et ceinturé d'une couronne de longs cheveux gris épars se tourna vers lui.

— Eh bien aidez-moi à le retourner et ainsi vous le saurez, dit-il d'un ton acide.

De toute évidence, les deux hommes ne s'appréciaient pas. Thibodet ne prit pas la peine de répondre et empoigna le mort aux épaules, tandis que le légiste s'occupait des jambes. Ils basculèrent la dépouille sur le côté.

— Émile Fontier ! s'exclama Thibodet en se tournant vers Jules.

Ce dernier hocha gravement la tête. En voilà un qui serait désormais difficile à interroger.

Thibodet fit appeler le garde en faction devant le théâtre.

— Qui est entré ici, aujourd'hui ? demanda-t-il.

Le gendarme répondit sans la moindre hésitation :

— À part vous et Monier — il désigna Jules du menton —, absolument personne, mon lieutenant. Sauf bien sûr la victime qui est arrivée en fin d'après-midi. Il m'a dit avoir de la maintenance à faire. Comme il avait l'autorisation du Commandant, je n'y ai vu aucun problème.

— Tu es bien certain que personne d'autre n'est venu ?

— Positivement, mon lieutenant. Je n'ai pas bougé de mon poste, a part une fois ou deux pour aller pisser.

— C'est tout ?

Le gendarme parut embarassé :

— Non, mon lieutenant. Fontier m'a dit que deux ivrognes se battaient et agressaient les passants, au bout de la rue Danton. Je suis allé voir, mais ils étaient déjà partis. Je n'ai pas été absent plus de 15 minutes et la porte était fermée. D'ailleurs, mon lieutenant, sauf le respect que je vous dois, je n'ai toujours pas été relevé.

Thibodet parut étonné.

— Qui devait te remplacer ?

— Le gendarme Estévenin. Ça ne lui ressemble pas, c'est pour ça que je n'ai rien dit.

Thibodet hocha gravement la tête.

— Très bien, rentre chez toi, maintenant. Je vais te faire relever.

Lorsqu'il fut parti, Jules s'approcha pour observer le corps et s'adressa au médecin qui poursuivait ses investigations.

— Avez-vous une idée de l'heure de la mort ?

Le praticien opina du chef et répondit sur un ton totalement différent de celui qu'il avait employé pour Thibodet

— Il est mort depuis quatre heures, au grand maximum, le cœur transpercé par une lame longue et fine.

— Donc une heure environ avant le début de l'orage et juste au moment où le garde a quitté son poste, murmura Jules.

— Exactement, rétorqua le médecin qui venait de se replonger dans ses examens.

— Il n'y a qu'une entrée et une sortie de secours, qui est cadenassée de l'intérieur, réfléchit Thibodet. Si le garde a bien laissé la porte fermée, c'est que c'est Fontier qui a ouvert à l'assassin. Qu'est-ce que tu en penses, Jules ?

— L'histoire de la bagarre entre ivrognes n'était qu'un prétexte pour l'éloigner.

— Eh bien messieurs, mon travail est terminé. Je vous souhaite une bonne nuit, dit le médecin en posant son chapeau melon sur son crâne à demi chauve. Je vais demander aux pompes funèbres de venir chercher le corps pour le transporter à la morgue. Je vous en dirai plus demain.

— Et pour la première victime, avez-vous pu conduire l'autopsie ? questionna Thibodet.

Le médecin le regarda, toujours aussi dédaigneux.

— Il y a un bon moment de ça. J'ai transmis le dossier à votre supé-

Les Chroniques de l'Isle-sur-Sorgue

Le bassin de Bouigas, tel qu'il était au XIXe siècle. - Photo collection privée.

rieur. Apparemment il n'a pas jugé nécessaire de vous tenir informé.

— Il était absent pour la journée. Il ne l'a donc pas lu. Si vous pouviez avoir l'obligeance…

L'homme ôta à nouveau son chapeau.

— Soit, j'ai découvert des choses assez étranges. Votre type avait le bout des doigts brûlés, comme s'il avait manipulé une substance urticante. Je pencherais pour de l'Euphorbe. Tout comme celui-ci — le médecin prit la main de la victime pour la montrer aux deux hommes —, les mains et les avant-bras portaient des cloques rougeâtres.

— On en trouve pas mal dans la campagne. Ils auront peut-être voulu en cueillir sans savoir de quoi il s'agissait, avança Jules. Vous devez voir cela assez souvent.

— Pasvraiment. Enfin, sauf cette semaine où j'ai eu a traiter deux cas d'urticaire, l'un assez virulent, chez mademoiselle Duplantier et le second chez ce chrétien qui est allongé devant vous.

— Quand était-ce exactement ? questionna Jules.

— Hier après-midi.

— Et pour la cause de la mort ? interrogea Thibodet

Eh bien la cause de la mort me laisse perplexe. C'est même assez extraordinaire. Il est bien décédé durant la représentation et probablement dans cette armoire.

— C'est étrange, je vous le concède, mais je ne vois rien d'extraordinaire, rétorqua Jules.

— Sauf lorsque je vous aurai révélé la suite.

— Il n'est pas mort d'un coup de couteau ?

— Oui et non !

— Docteur ! s'impatienta Jules.

— Eh bien il a effectivement reçu un coup de couteau de type couteau de poche mais il avait rendu son dernier souffle depuis quelques secondes d'une tout autre cause.

— Une crise cardiaque ? risqua Jules.

— Son cœur était en parfaite santé. Non, en réalité, votre victime est morte noyée.

CHAPITRE VII

Jules, bon pied bon œil malgré une trop courte nuit de sommeil, remonta la rue des Frères Mineurs puis tourna à gauche et s'installa à la terrasse du Grand Café de la Sorgue. Sans attendre sa commande, Cyprien Fériaud, lui apporta un café fumant. Il s'assit face à lui.

— Alors, il paraît qu'il y a eu un nouveau meurtre, hier soir ? demanda-t-il.

Jules hocha la tête et but une gorgée de café.

— Émile Fontier, le machiniste, mais je ne sais rien de plus, pour l'instant. Pourquoi tu me poses cette question ?

Fériaud se dandina sur sa chaise.

— C'est que tu comprends, si un des comédiens est le coupable, ça m'ennuierait d'héberger un assassin chez moi. J'étais content, lorsque ce Rosier est venu me demander de loger la troupe, il m'a même donné une belle avance, mais ma fille dort juste à côté d'eux…

— Je ne pense pas que tu aies du souci à te faire, cabaretier, il y a une logique dans ces deux meurtres. À mon avis, ta fille peut dormir tranquille.

Fériaud fit une grimace. Il n'était pas totalement convaincu, mais il avait confiance en Jules. Il retourna se poster derrière son comptoir. Dans la salle, se trouvaient toujours les trois mêmes ivrognes qui semblaient poursuivre indéfiniment leur partie de Boston autour du même verre de piquette.

Jules se leva, laissa un franc sur la table et partit vers le bassin de Bouigas où son bateau était amarré.

Le jeune Arnaud l'attendait. Il avait déjà vidé les embarcations de l'eau qu'elles contenaient, décroché les lourdes chaînes qui les immobilisaient contre la berge et chargé les instruments de pêche.

Depuis plus d'un an, les deux hommes avaient pris l'habitude de pêcher ensemble et une réelle amitié était née entre eux.

— Tu as laissé ta casquette de policier ? plaisanta Arnaud.

— Il faut bien que je rapporte quelques truites à Mariette. Le crime ne paie plus aujourd'hui.

Puis, économisant leurs paroles, ils plantèrent leur partègue — ces longues perches qui servent à propulser les bateaux —, dans le fond de la rivière et remontèrent le courant vers Fontaine de Vaucluse et ses eaux poissonneuses.

Lorsque la ville et les effluves nauséabonds de ses usines textiles furent loin derrière eux, ils ralentirent le rythme. Bientôt, ils durent se mettre à l'eau pour tirer les lourdes barques afin de franchir une petite cascade aux eaux bondissantes. Quand ce fut fait, Arnaud revint sur ses pas et plongea le bras entier sous un rocher poli par le flux du torrent. Il farfouilla quelques minutes et soudain, d'un geste vif,

Les Chroniques de l'Isle-sur-Sorgue

Les bateaux des pêcheurs, hier comme aujourd'hui. © Photo Hervé Michel

il sortit une grosse truite toute frétillante.

Pour ne pas faire souffrir l'animal, il lui brisa les cervicales. La truite se raidit instantanément. Il la lança dans le bateau et recommença l'opération avec le même succès.

— Celles-là on les garde pour nous. Ce sera pour midi, on fera une braise, dit-il à Jules en montant dans son embarcation.

Ce matin-là, ils firent une excellente pêche. Il faut dire que, si les écrevisses avaient disparu depuis quelques années, victimes d'une mystérieuse maladie quand les papeteries s'étaient installées sur Fontaine-de-Vaucluse, les truites et les ombres pullulaient toujours dans les parages.

Ils accostèrent sur un îlot recouvert d'une végétation luxuriante d'où émergeait le toit délabré d'un ancien cabanon. Ils amarrèrent leurs embarcations sous un grand saule pleureur qui déversait ses frondaisons sur la rivière. Ensuite, ils placèrent les paniers en osiers remplis de poissons posés sur un lit d'algues, bien à l'abri dans l'ombre du vénérable. Jules vida les truites tandis qu'Arnaud se chargeait du feu.

Ils n'avaient pas prononcé trois mots, durant la matinée. Ces hommes-là ne parlaient pas pour rien dire. Mais là, autour du feu de bois qui dégageait une odeur de résine, après avoir débouché une bonne bouteille, ils se sentaient plus loquaces. Ils échangèrent quelques plaisanteries en provençal, parlèrent un peu de pêche et en vinrent bien sûr à aborder le sujet dont toute la ville s'inquiétait, les deux meurtres consécutifs au théâtre.

Le fait divers alimentait toutes les conversations et les théories les plus folles circulaient.

— Quand même, ce pauvre Fontier ! Il n'a pas eu de chance dans la vie. Se faire tuer comme ça, à peine un an après avoir retrouvé sa ville et sa famille, c'est bien terrible.

Jules fronça les sourcils.

— Mais qu'est-ce que tu me dis là, Arnaud ? Fontier est né à l'Isle.

— Mais bien sûr, comme toi et moi, mais tu ne peux pas t'en souvenir, tu étais à la capitale à cette époque.

— Qu'est-ce qui s'est passé ?

— C'est le fils de la vieille Vève, qui habite rue de la Loutre. Il est de ma génération. Figure-toi qu'elle l'avait placé dans un orphelinat d'Avignon quand il est né. Et un jour, il devait avoir une quinzaine d'années, il s'est pointé devant sa porte. Coucou maman, c'est moi !

— Comment est-ce qu'il l'a retrouvée ? En général, les abandons sont anonymes.

Arnaud haussa les épaules pour signifier qu'il n'en savait rien et poursuivit son récit :

— Il a travaillé comme homme à tout faire pour la paroisse, lorsque le curé s'est aperçu qu'il manquait de l'argent dans la caisse. Le Conseil de Fabrique l'a accusé et l'a renvoyé. Quelques jours après, on a découvert que c'était le sacristain qui détroussait le Bon Dieu.

— Le Conseil l'a donc réhabilité ?

— D'une certaine façon, car il avait disparu, entre temps. On ne l'a revu que l'an dernier et le Conseil Municipal lui a trouvé ce poste au théâtre.

— C'est une étonnante histoire que tu me racontes là, Arnaud, dit Jules, pensif.

CHAPITRE VIII

De grosses gouttes de pluie frappaient aux carreaux et se transformaient en fines rigoles qui dégoulinaient le long de la fenêtre.

— Viens te recoucher, marmonna Mariette en posant sa joue sur son avant-bras. De toute manière tu ne pourras pas travailler avec ce temps.

Jules ne répondit pas et se contenta d'adresser un sourire à son épouse, puis il reprit sa contemplation. En bas, mis à part une vieille femme qui bravait l'orage sous un grand parapluie noir, la place était déserte. C'était vraiment un été pourri où la pluie succédait à des journées caniculaires et ainsi de suite.

Mariette avait raison. Impossible de sortir le bateau ce matin. Fort heureusement, la pêche de la veille avait été excellente. Il s'approcha du lit et déposa un baiser sur le front de la jeune femme.

— Rendors-toi, j'ai deux ou trois choses à faire.

Mariette fit la moue, mais elle savait qu'il était inutile d'insister. Jules s'habilla rapidement et sortit au moment où la pluie se calmait. Il se dirigea vers la collégiale, traversa la place aux grains, longea la rue de l'épicerie et entra dans l'église.

Il était encore tôt, mais le curé était déjà là pour préparer l'office du matin. Les flammes vacillantes de nombreuses bougies projetaient des ombres dansantes, jusque sur le tympan de la nef décoré de peintures représentant des scènes où se mêlaient le sacré et le païen.

Le curé, un gros homme bien en chair et à la calvitie avancée, comme on peut s'y attendre d'un homme d'Église, sourit en apercevant Jules.

— Serait-ce un miracle ? Jules Monier dans mon église, plaisanta-t-il.

— Bonjour, mon Père, vous savez ce que c'est que la vie de pêcheur.

— Oh, je sais que pêcheur tu ne l'es que par ton métier. Tu es un brave et honnête garçon, malgré ton attirance pour le côté sombre de l'humanité. Cela dit, quelques « Je vous salue Marie » de temps en temps ne te feraient pas de mal.

— J'y penserai…

Le prêtre leva la main pour l'interrompre.

— Viens-en directement au fait. Ne serais-tu pas ici pour m'interroger sur Émile Fontier ? Je me demandais quand tu allais passer.

— Vous lisez en moi comme dans un livre ouvert, mon Père.

— Ne l'oublie jamais.

Jules sourit. Le prêtre lui raconta presque mot pour mot ce qu'Arnaud lui avait révélé, la veille.

— Il n'a jamais parlé d'une éventuelle relation avec Charles Rosier ?

— L'acteur assassiné ? Non, jamais.

— Et il ne s'est rien passé de particulier durant le temps où il travaillait ici ?

Le curé secoua la tête, négativement. Soudain, il se ravisa.

— Ah mais si, une fois il m'a fichu une de ces trouilles. Figure toi qu'un jour, alors que je le cherchais dans la crypte, il a surgi de je ne sais où. Un peu plus tôt, la pièce était vide et, d'un seul coup, il était là. J'ai failli en avaler mon chapelet.

— Vous ne lui avez pas demandé d'explications ?

— C'était un garçon qui parlait très peu, toujours renfermé, aigri, aussi.

— Je vois ! Mon Père, est-ce que vous me permettez de me rendre dans la crypte ?

Le curé parut soudain ennuyé par cette requête impromptue.

— Je préférerais que tu reviennes cet après-midi.

— Comme vous voudrez, rétorqua Jules intrigué par ce changement d'attitude.

Il n'insista pas et se dirigea vers la sortie. À l'instant où il allait atteindre la grande porte, le prêtre le rappela.

— Au fait, Jules, as-tu des nouvelles de monsieur Zartoff ?

— Il est toujours enjôlé, mais je n'en sais pas plus.

— Que risque-t-il, selon toi ?

Jules fronça les sourcils. L'attitude du prêtre lui paraissait de plus en plus étrange.

— Il est plutôt mal parti. Un sérieux mobile, l'opportunité et surtout aucun alibi. Le commandant Brunet est persuadé de tenir le coupable.

— Et s'il en avait un d'alibi ?

Jules s'approcha du prêtre et le regarda droit dans les yeux.

— Mon Père, si vous savez quelque chose, vous devez le dire aux gendarmes.

Les lèvres du curé se transformèrent en un mince trait horizontal.

— C'est que je suis lié, je ne peux rien dire.

— Alors Zartoff risque de faire connaissance avec la faiseuse de veuves.

Un frisson agita l'ecclésiastique qui semblait animé par un violent conflit intérieur.

— Écoute, Jules, revient en début d'après-midi. Je vais voir ce que je peux faire.

Jules haussa les épaules et partit sans insister.

À peine sorti de la Collégiale, quelqu'un cria son nom. C'était Thibodet qui se dirigeait vers la rue de la Victoire.

— Eh, Jules, tu tombes bien, dit-il. Je vais au Grand Café de la Sorgue pour interpeller Paul Perlud. On a appris que, ce matin, il a loué à grands frais une voiture pour l'emmener à Marseille. Un cocher doit passer le prendre dans moins de vingt minutes. Si ça, ce n'est pas une fuite, en tout cas, ça y ressemble fort.

CHAPITRE IX

Paul Perlud, fines moustaches sur des lèvres un peu pincées et cheveux grisonnants bien ordonnés avec une raie sur le côté gauche, ôta ses lunettes pour les essuyer avec un grand mouchoir blanc qu'il tira de sa poche. Il paraissait furieux, mais cette attitude pouvait bien n'être qu'un jeu d'acteur. En effet, ses yeux trahissaient un sentiment d'inquiétude, de peur aussi, peut-être.

Le commandant Brunet, revenu le matin même, jeta une grosse liasse de billets devant le comédien.

— Nous avons trouvé ceci, dans vos bagages. Pouvez-vous m'expliquer, monsieur Perlud ? questionna sèchement l'officier.

L'autre le regarda d'un air un peu stupide.

— Mais c'est mon argent, je ne vois pas ce qu'il y a à expliquer !

— Il y a deux jours encore, vous étiez fauché comme les blés. Nous avons vérifié, vous aviez des ardoises chez presque tous les commerçants de la ville. Donc, je vous pose la question, d'où vient tout cet argent et pourquoi vous enfuyiez vous ?

— D'abord je ne m'enfuyais pas du tout, j'allais à Marseille pour rencontrer un metteur en scène. Quant à l'argent, il s'agit du remboursement d'une dette.

— Vous parlez de la somme que vous avait escroquée monsieur Rosier, pour l'achat d'un appartement à Nîmes ?

Perlud le regarda, effaré.

— Eh oui, monsieur, dans la Gendarmerie, on connaît son travail. J'ai retrouvé la plainte que vous aviez déposée contre Maître Brocchini, notaire à Nîmes, qui a falsifié les documents qui vous déclaraient co-propriétaire avec Rosier d'une très belle maison. Votre nom à été effacé pour ne laisser apparaître que celui de Rosier. Moi aussi, à votre place, j'aurai eu des envies de meurtre.

— Mais je vous jure que je n'ai assassiné personne. D'ailleurs, j'étais sur scène quand Rosier est mort.

Le commandant Brunet se pencha vers lui.

— Mais je n'ai pas dit que vous l'aviez tué vous-même. Non, je pense que vous avez manipulé monsieur Zartoff, d'une manière ou d'une autre.

Perlud leva les yeux au ciel.

— Votre histoire n'a ni queue ni tête, commandant, dit-il.

Puis il se referma comme une huître et se mura dans le silence.

Pendant que le commandant Brunet interrogeait Paul Perlud, Jules, accompagné de Thibodet, retournait à l'église comme le lui avait demandé le prêtre.

Celui-ci, en voyant arriver le pêcheur suivi du gendarme, afficha une mine sévère.

— Je pensais que tu viendrais seul, lança-t-il sur un ton de reproche. Ça va que je connais Thibodet et que je sais qu'il est un garçon de confiance, sinon je t'aurais prié de repartir.

— Vous deviez me révéler l'alibi de Zartoff, il m'a semblé que le lieutenant Thibodet devait être là, dit Jules.

Le prêtre poussa un profond soupir, comme si sa conscience le travaillait. Puis, finalement, il fit signe aux deux hommes de le suivre. Ils passèrent par la sacristie et empruntèrent une porte qui les conduisit à un escalier descendant vers la crypte. Quelques marches plus bas, ils rencontrèrent une autre porte que le curé déverrouilla à l'aide d'une grosse clé qu'il sortit de sa poche. Il se tourna vers Thibodet et Jules.

— Je sais que vous êtes des esprits ouverts, aussi je vous demanderai de faire comme moi et de mettre de côté tous les préjugés et l'horreur que pourrait vous inspirer la situation. Rappelez-vous que nous ne sommes pas là pour juger nos semblables.

Les deux hommes se regardèrent, intrigués par la mise en garde du prêtre. Qu'allaient-ils donc découvrir dans cette crypte, éclairée par la flamme vacillante de quelques bougies de suif ?

De crypte, cette vaste pièce humide et sentant très fort la moisissure, n'en avait que le nom. Il s'agissait en réalité plutôt d'une cave où l'on entassait de vieux meubles, des caisses rongées par les vers, des tableaux et des instruments liturgiques inutiles ou cassés.

Le prêtre prit un bougeoir sur lequel brillait la flamme crépitante d'un demi-cierge et les invita à le suivre. Il fit quelques pas et appela.

— Viens, n'ai pas peur, tu peux sortir !

Dans le fond de la pièce, on entendit le bruit d'une caisse que l'on déplace. Une silhouette apparut derrière une pile de vieux vêtements et s'avança timidement vers les trois hommes.

— Toi ! s'exclama Thibodet, mais qu'est-ce que tu fiches là ?

CHAPITRE X

Le commandant Brunet, debout derrière son bureau, observait les trois hommes assis face à lui, avec une sorte de panique dans le regard.

— Je sens que vous allez encore foutre ma journée en l'air. Et d'abord qu'est-ce qu'il fait ici, celui-là, dit-il en désignant Jules. Et toi, qu'est-ce que tu faisais planqué dans la crypte de l'église ? On te cherche partout depuis hier, demanda-t-il au gendarme Estévenin qui fixait le bout de ses chaussures.

— C'est une affaire un peu délicate, dit Jules d'une voix assurée. Tu vas devoir faire preuve d'ouverture d'esprit, je sais que tu en es capable.

Brunet lui lança un regard mauvais, il sentait venir les ennuis. Jules poursuivit :

— Il faut que tu relâches Zartoff, il n'a pas pu assassiner Rosier, il a un alibi.

Brunet éclata d'un rire nerveux.

— Et voilà ! Je le savais que tu allais m'emmerder une fois de plus, Monier. Et quel est cet alibi, s'il te plaît ? Il pêchait la truite à dix heures du soir. Il a quitté son bureau par un trou de souris ? Je te rappelle qu'on l'a vu rentrer au début de la représentation et en sortir à la fin, après le meurtre. Je te rappelle aussi que son bureau communique directement avec le local technique derrière la scène. Alors, je te le redemande, sans m'énerver, c'est quoi son alibi ?

— Plutôt qui, mon commandant, risqua Thibodet.

— J'écoute ! rétorqua simplement Brunet, en croisant les bras.

— C'est moi son alibi, murmura le gendarme Estevenin, en continuant de fixer ses chaussures.

— Toi ! mais pourquoi tu n'as rien dit ?

— Je ne pouvais pas !

— Qu'est-ce que tu me chantes là ? Vous avez fait un mauvais coup ensemble, c'est ça ? C'est pour ça qu'on a retrouvé un bouton de ton uniforme dans la cham…

Brunet s'interrompit net. Il mit une main devant sa bouche.

— Ne me dis pas que toi et lui…

Le gendarme Estévenin pleurait à chaudes larmes. Il fit simplement oui de la tête.

Brunet se laissa tomber dans son fauteuil. Il semblait anéanti.

— Allons, Brunet, ne te mets pas dans de pareils états, intervint Jules. Il faut vivre avec son temps. Tu dois connaître Oscar Wilde ou encore Marcel Proust…

Brunet lui fit signe de se taire. C'en était trop pour lui.

— Ta gueule, Monier, par pitié, ferme ta grande gueule. Oscar Wilde et Proust, je les emmerde. Ici, on est à L'Isle-sur-Sorgue, une ville de six mille habitants, dans une brigade de gendarmerie et pas à Paris où les bourgeois ont l'esprit ouvert, comme tu dis. À présent on va être la risée de tout le département.

Le gendarme Estevenin se racla la gorge :

— Je vais démissionner, mon commandant.

— Toi, tu te tais et tu attends que je te donne des ordres, rétorqua Brunet. Allez, sortez tous les trois d'ici, dégagez de mon bureau.

Suite p.18

Le portrait : Jean Nicolas

JEAN NICOLAS, L'AVENTURIER DE LA BROCANTE

Dans la série des personnages extraordinaires engendrés par la ville, il en est un sur lequel on ne peut pas faire l'impasse, c'est Jean Nicolas. En effet, L'Isle-sur-la-Sorgue n'aurait pas tout à fait le même visage sans cet aventurier de la brocante et des antiquités. Bien sûr il y en eut d'autres, mais Jean Nicolas restera, à tout jamais, l'un des précurseurs dans ce domaine.

Mais le mieux est de laisser son neveu, Alain Nicolas nous en parler.

L'Isle-sur-la-Sorgue doit un pan de sa notoriété mondiale à Jean Nicolas de Crebessac. Il est de la race de ces L'Islois qui écrivent l'histoire et la légende de leur ville. À l'égal des René Légier et Albert Gassier pour les foires à la brocante, Michel Mélanie pour le restaurant Le Négochin et les descentes de Sorgue, Alain Prétot, le fabricant de barques, Xavier Battini, maire pour l'éternité, Gérard Manni et le BCI XV… Il nous a quitté le vendredi 16 juillet 2021. On se souvient du gamin de Saint-Antoine qui, peu doué pour la comptabilité dont il fut diplômé, s'installa en brocante par passion des objets, de l'art et des contacts humains. Dans le sillage des grandes foires à la brocante, il créa le premier village d'antiquaire sédentaire de la gare. Une idée de génie qui fit devenir la Venise du Comtat une plateforme mondiale de la brocante et des antiquités.

Mais ce n'était qu'un début. Jean Nicolas créa une fabrique de meubles qui culmina à 55 employés dans les années 1970 et en suivant devant l'engouement du public pour les « barbotines » devint faïencier en implantant la Faïencerie d'art de la Sorgue, qu'il compléta avec la Ferronnerie d'art de la Sorgue. Dans le même temps, il continue d'exercer sa passion pour l'objet ancien à travers ses magasins de renommée mondiale, celui de l'Isle, dont la devanture en trompe-l'œil fit plusieurs fois la une du « New York Time » et celui de Soho au cœur de New York (États-Unis).

Il termine sa carrière en inventant le métier « d'antiquaire export », en promenant ses clients au plus près des marchés, en maîtrisant la logistique et en envoyant à travers le monde les joyaux de notre patrimoine. Il a placé la ville de L'Isle-sur-la-Sorgue sur la carte du monde, du Japon aux États-Unis en passant par l'Australie et l'Amérique du Sud… Il fut un père dynamique pour ses trois enfants Christophe, Virginie et Amélie, un élément moteur de la famille des Nicolas de Saint-Antoine, un patron poule pour tant de L'Islois et un humaniste dont la mémoire restera encore longtemps dans la vie de ceux qui restent…

Alain NICOLAS, son neveu
L'Isle, le 17 juillet 2021

Jules, Thibodet et Estévenin se levèrent en silence. Au moment où il passait la porte, Brunet rappela Thibodet.

— Fais libérer Zartoff, je ne veux plus le voir, lui non plus !

Lorsque la porte se referma, Estévenin repartit penaud vers ses quartiers. Thibodet poussa un soupir comme s'il venait de faire une trop longue apnée.

— Sale affaire. Il ne nous reste que Paul Perlud, comme suspect. Mais je ne vois pas comment il a pu procéder, dit-il à Jules qui semblait absent.

— Je crois que j'ai une idée, mais il faut retourner explorer la crypte, dit-il.

Il partit en laissant Thibodet en plan.

— Eh, attends-moi, Jules, je viens avec toi, cria ce dernier en emboîtant le pas au pêcheur.

CHAPITRE XI

— Qu'espérez-vous trouver ici ? demanda le prêtre en s'écartant pour laisser passer Jules et Thibodet.

— Un chemin vers la vérité ! plaisanta le pêcheur en brandissant la lampe tempête qu'il venait d'allumer.

Après le départ du gendarme Estévenin, le curé avait éteint les bougies, par sécurité et désormais la crypte était plongée dans le noir. La lumière orangée de la lampe à pétrole révéla une nouvelle fois le désordre qui régnait là.

— Je vous laisse, j'ai du travail. N'oubliez pas de refermer en sortant, dit le curé en reprenant l'escalier qui conduisait à la sacristie.

— Qu'est-ce qu'on fait ici, Jules ? questionna Thibodet, un peu inquiet.

— Tu ne te souviens pas de cette vieille histoire de souterrain qui partait de l'église ?

— Mais c'est une légende !

— Sauf que personne n'a jamais pensé à vérifier s'il n'y avait pas du vrai dans la légende.

Thibodet haussa les épaules et emboîta le pas à Jules.

Ils explorèrent minutieusement la crypte, sondèrent les murs, examinèrent chaque pierre, pour tenter de déceler une trappe ou un passage dérobé.

Sur le mur opposé à la porte d'entrée, seul accès à cette vaste salle humide qui sentait très fort le moisi, se trouvait une grosse armoire qui avait subi les outrages du temps. Jules fit signe à Thibodet de l'aider à la déplacer. Le vieux meuble tomba immédiatement en miettes et s'effondra sur lui-même avec un craquement sinistre.

Derrière, ils découvrirent un bas-relief représentant une scène champêtre. Il s'agissait d'un cultivateur poussant une charrue tirée par un bœuf et un loup.

— Qu'est-ce que c'est ? murmura Thibodet.

Jules le regarda d'un œil sévère.

— Il faudrait que tu retravailles un peu ton catéchisme. C'est Saint-Gens, le Saint qui guérissait les malades et qui, accessoirement, transformait l'eau en vin.

— Un grand homme, ironisa Thibodet.

Jules leva une main pour lui intimer de se taire. Le pêcheur approcha la lampe tempête du bas-relief qu'il observa durant quelques secondes. Puis, désignant un bougeoir posé sur une caisse, il dit à Thibodet :

— Allume cette chandelle et apporte-là moi.

Lorsque ce fut fait, Jules promena la flamme de la bougie le long des bords de la sculpture. Soudain, la flamme s'inclina fortement, prête à s'éteindre. Jules donna quelques coups contre la pierre.

— Ça sonne creux, là derrière, dit-il.

— C'est étrange, on est au moins à dix mètres sous la surface de la rue, remarqua Thibodet. C'est peut-être une tombe.

Jules tenta de faire bouger la plaque, sans succès.

— Il y a peut-être un levier, comme pour l'armoire, suggéra le gendarme.

Ils cherchèrent durant un long moment un bouton dissimulé dans le mur, une pierre faisant saillie et pouvant cacher un mécanisme, mais là encore ils firent chou blanc.

Finalement, Jules posa la lampe tempête sur le sol, s'empara d'un gros ciboire et se mit à frapper avec, sur les angles du bas-relief.

— Mais qu'est-ce que tu fais ! s'écria Thibodet, au bord de la panique. Tu n'as pas le droit, c'est de la destruction de bien public.

Jules fit une pause.

— Tu veux arrêter le meurtrier de Rosier et de Fontier, oui ou non ? demanda-t-il.

— Et tu penses qu'il se cache derrière ce bas-relief ?

— C'est possible !

Thibodet lui fit signe de continuer. Si son ami avait raison, le commandant Brunet ne regarderait pas à payer la facture, à condition d'avoir des éléments nouveaux.

Au bout de quelques minutes, Jules fit une pause. La pierre bougeait. Il utilisa le pied du ciboire comme levier et finit de desceller le bas-relief. La plaque sculptée mesurait environ un mètre cinquante de hauteur sur cinquante centimètres de largeur. Elle était épaisse et très lourde. Ils durent unir leurs forces pour la décrocher. Immédiatement un courant d'air frais, qui transportait une odeur un peu écœurante, leur balaya le visage.

— Tu vois, c'est une tombe, dit Thibodet avec une grimace de dégoût.

Jules ramassa la lampe tempête et la leva à la hauteur de ses yeux pour tenter de percer l'obscurité.

— Mais non, regarde, cela s'enfonce assez loin dans le sol.

— Le fameux souterrain, tu crois ?

Jules ne prit pas la peine de répondre. Il posa la lanterne et se hissa dans la galerie. Il fit signe au gendarme de le suivre. Tous deux se retrouvèrent dans un boyau délimité par des murs en pierres sur lesquels venait s'appuyer une voûte suffisamment haute pour qu'ils puissent se tenir debout. Ils avancèrent avec précaution, car le sol était glissant.

Les Chroniques de l'Isle-sur-Sorgue

La Sorgue traverse la ville en empruntant de nombreux canaux souterrains – Photo Hervé Michel

Soudain, un grondement fit vibrer la voûte.

— Qu'est-ce que c'est ? s'inquiéta Thibodet, craignant de prendre le plafond sur la tête.

— C'est le bruit des roues d'une grosse patache qui passe au-dessus de nous. On doit être sous la place aux herbes.

Oubliant leur frayeur, ils poursuivirent leur chemin. Le souterrain remontait légèrement. Ils parvinrent à une petite salle ronde. Il s'agissait d'une sorte de puits. Contre la paroi qui remontait vers la surface était posée une échelle en bon état. De l'autre côté de la salle, la galerie continuait.

Jules grimpa le long de l'échelle. Lorsqu'il fut au sommet, il se trouva face à une trappe qu'il put faire jouer sans difficulté. Il s'engouffra dans l'ouverture.

— Oh Jules, qu'est-ce qu'il y a là-haut ?

La tête du pêcheur apparut.

— Viens me rejoindre et tu le sauras.

Thibodet, agile, fut en haut de l'échelle en quelques secondes. Il s'engagea dans la trappe, comme Jules quelques secondes plus tôt.

— Si je m'attendais à ça ! s'exclama-t-il en débouchant dans la pièce qu'il reconnut immédiatement.

CHAPITRE XII

Thibodet trouva Jules, assis sur les marches qui permettaient de passer du local technique à la scène du théâtre. Lorsque le gendarme émergea du foyer de la cheminée, il secoua son uniforme plein de poussière.

— Ça alors ! Un passage secret qui conduit d'ici à l'église. Si je m'y attendais. Alors, cette vieille histoire de souterrain était donc vraie.

— On dirait bien, répondit Jules.

Thibodet s'approcha de la petite fenêtre d'où l'on apercevait la place aux grains et une partie du clocher. Effectivement, ce local se trouvait dans l'alignement du vénérable monument. Soudain, un violent coup de tonnerre fit vibrer le bâtiment entier. Thibodet sursauta. Presque immédiatement, de grosses goûtes de pluie vinrent marteler les carreaux.

— C'est incroyable, le temps est en train de devenir fou. Regarde, encore un orage qui va nous tomber dessus, grommela-t-il en se tournant vers Jules. Et on fait quoi, maintenant ?

— Je parie que si nous suivons le souterrain, nous arriverons quelque part sous le Grand Café de la Sorgue. Viens, allons vérifier tout de suite.

Jules se leva et s'engouffra à nouveau dans le passage au fond de la cheminée. Thibodet eut un geste fataliste et emboîta le pas de son ami, sans poser de questions.

Ils descendirent l'échelle, récupérèrent la lampe tempête qu'ils avaient abandonnée pour monter et s'engagèrent dans l'autre tunnel.

Au fur et à mesure qu'ils progressaient dans ce boyau humide et nauséabond, le sol devenait de plus en plus glissant. Bientôt, ils eurent de la boue jusqu'aux chevilles.

— On dirait que nous nous enfonçons, dit Thibodet.

— Oui, tu as raison, confirma Jules. À présent, nous devons être en dessous du niveau de la Sorgue.

Le pêcheur leva sa lampe pour éclairer les murs du souterrain. On pouvait distinguer, a deux mètres de hauteur environ, une ligne d'humidité bien nette.

— Je pense qu'à certains moments, le boyau doit être inondé, murmura Jules.

Thibodet se rapprocha de lui et le poussa un peu dans le dos.

— S'il te plaît, Jules, avance. Je ne suis pas tranquille ici.

Jules allait lui répondre de ne pas s'inquiéter, lorsqu'un grondement lointain l'interrompit. Les deux hommes firent silence. Thibodet regarda Jules :

— Qu'est-ce que…

Il ne put terminer sa phrase. Des trombes d'eau s'abattirent soudain sur eux, provenant de goulottes en pierres encastrées dans le plafond.

Jules attrapa Thibodet par le bras, alors que ce dernier faisait mine de retourner sur leurs pas.

— C'est trop loin ! hurla le pêcheur pour se faire entendre dans le vacarme ambiant. Il faut continuer par là, avant que le souterrain ne se remplisse complètement.

Ils avancèrent donc à marche forcée, mais leur progression était fortement ralentie par le niveau de l'eau qui montait rapidement.

— On est foutu, Jules ! cria Thibodet, alors que l'eau lui arrivait à mi-poitrine.

CHAPITRE XII

Le commandant Brunet paraissait à l'étroit dans ses bottes. Le gros homme chauve aux bajoues tombantes, fumant le cigare en face de lui n'était pas n'importe qui. Il s'agissait d'Arthur Fayard, le puissant industriel l'islois et, accessoirement, l'amant et protecteur de Charlotte Duplantier.

— Désolé de vous convoquer de manière aussi cavalière, monsieur Fayard…

— Venez-en directement aux faits, capitaine, je n'ai pas beaucoup de temps à vous accorder, le coupa sèchement l'autre.

— Euh… c'est… commandant…

Fayard fit signe qu'il s'impatientait.

— Comprenez bien, monsieur que si je ne vous interrogeais pas, je ne ferais pas mon métier. D'autant plus que vous êtes lié à l'une des suspectes.

— Vous n'insinuez tout de même pas que mademoiselle Duplantier est impliquée en quoi que ce soit dans ces crimes ? Car vous tenez un coupable, si je ne m'abuse ?

— C'est possible, mais si Paul Perlud avait un mobile pour assassiner Rosier, et encore cela reste à démontrer, il n'en n'avait aucun pour éliminer Fontier. Nous savons que vous-même vous étiez violemment disputé avec monsieur Rosier, quelques jours avant le meurtre, lorsqu'il se produisait à Avignon.

— C'était un petit salopard, il a bien mérité ce qui lui est arrivé, mais si j'avais voulu le tuer, je ne l'aurais pas fait ainsi et vous n'auriez jamais retrouvé son corps. De toute manière, quand il est mort, j'étais dans la salle avec deux cents témoins.

Le Capitaine Brunet frissonna. Le gros industriel ne plaisantait pas en parlant de sa capacité à éliminer une personne gênante.

— Et au moment de la mort d'Émile Fontier, où vous trouviez-vous ?

— Quand est-il mort, exactement ?

— Hier en fin d'après-midi.

Arthur Fayard ne prit pas le temps de réfléchir.

— J'étais au cercle de la Concorde, à l'hôtel du Commerce où j'avais une réunion importante. Vous pourrez vérifier.

— Je vous remercie, monsieur Fayard. Mais j'ai encore une question. Votre dispute avec Rosier portait elle sur mademoiselle Duplantier ou sur l'intérêt de la victime pour son collier.

Le gros homme ne put réprimer une moue dédaigneuse.

— Il me semble que ça ne vous regarde pas, capitaine.

— J'ai bien peur que si, monsieur Fayard et c'est commandant !

Le ton avait changé.

Un peu surpris par ce soudain élan de confiance en soi, l'industriel se radoucit.

— Les deux, commandant, les deux. Je suis persuadé que c'est Rosier qui a volé le collier. Pour les meurtres, je ne comprends pas plus que vous.

— Nous, nous commençons à y voir plus clair !

Les deux hommes avaient sursauté lorsque Thibodet et Jules étaient entrés dans le bureau par la porte demeurée grande ouverte.

Brunet allait les réprimander, mais il resta sans voix en les voyant ainsi, crottés de la tête aux pieds.

— Mais d'où est-ce que vous sortez, tous les deux, d'une porcherie ? demanda-t-il une fois sa surprise passée.

— Nous venons de faire une découverte intéressante, mon commandant.

Brunet sourit hypocritement au gros industriel.

— Merci pour votre collaboration, monsieur Fayard, dit-il pour signifier que l'entretien était terminé.

Fayard se leva en s'appuyant sur sa canne dont il dirigea le pommeau vers Brunet, un peu comme une menace. Puis, il sortit, sans un regard pour Jules et Thibodet qui dégageait une odeur nauséabonde de vase et de moisissure.

Lorsque l'industriel eut disparu, le capitaine Brunet fit signe à Thibodet de fermer la porte. Ensuite, il s'assit dans son fauteuil, se cala contre le dossier et mit ses mains en conques.

— J'attends vos explications, messieurs ! dit-il.

Jules et Thibodet lui racontèrent de quelle manière ils avaient découvert le souterrain, puis comment ils avaient été surpris par une brusque montée des eaux. Par chance, ils avaient atteint l'extrémité du tunnel qui débouchait sur une série de marches menant vers la surface, échappant ainsi à la noyade. Ensuite, ils étaient parvenus à un passage qui les avait conduits directement sous le Grand Café puis, par un escalier dérobé, dans le grenier de l'établissement, exactement au-dessus de la chambre qu'occupait Charlotte Duplantier.

— Alors voilà comment le collier a été volé, murmura Brunet. Mais cela ne nous dit pas par qui, ni qui est l'assassin des deux comédiens.

— Selon moi, les choses se sont déroulées de la manière suivante, dit Jules. Depuis le début, Rosier avait l'idée de subtiliser le collier. Quand il a appris, par Fontier, l'existence du tunnel qui reliait l'église au Grand Café de France, il a compris que c'était sa chance. Et l'idée a germé en lui de se fabriquer un alibi parfait.

— Comme tout le monde, je croyais que cette histoire de souterrain était une légende, murmura l'officier.

— Laisse-moi finir, Brunet. Donc, comme je te le disais, le soir de la première représentation, Rosier a mis son plan à exécution. Il est sorti de l'armoire par le double-fond, est passé par le local technique que Fontier avait laissé ouvert. Il s'est rapidement changé puis a couru jusqu'à la chambre de Charlotte Duplantier où il a volé le collier.

Jules marqua une pause pour voir si Brunet suivait. C'est ce dernier qui poursuivit :

— Mais, entre temps, un orage avait éclaté et le goulet s'est très vite rempli, le prenant au piège. Soit ! mais le légiste à dit qu'il était

Les Chroniques de l'Isle-sur-Sorgue

mort noyé, alors comment est-il revenu jusqu'à l'intérieur de l'armoire ?

— Ce n'est pas exactement ce qu'a dit le légiste. Il a dit que Rosier était mort noyé ET poignardé, presque simultanément.

Brunet lança un regard assassin à Thibodet. Lui seul avait pu laisser le pêcheur accéder aux informations concernant l'enquête. Il fit signe à Jules de poursuivre, mais à cet instant on frappa à la porte. Une jeune recrue passa craintivement la tête par l'embrasure.

— Mon commandant, le médecin légiste vient d'arriver !

— C'est moi qui l'ai fait quérir, dit Thibodet avant que Brunet n'ait pu répondre.

L'officier eut un geste fataliste.

— Eh bien dis-lui d'entrer, plus on est de fous, plus on rit.

— J'espère que c'est important, parce que moi, j'ai du travail, grommela le médecin en ôtant son chapeau melon.

— Monsieur Monier, allait nous expliquer comment était décédé le comédien, dit Brunet, sur un ton désabusé.

— Eh bien s'il veut prendre ma place…

— Je disais donc que Rosier n'était pas mort noyé dans le souterrain. Mais il avait inhalé un peu d'eau. J'ai connu le cas similaire d'une personne tombée dans la Seine qui n'est passée que le lendemain, dans son lit.

— Effectivement, cela peut arriver. Il suffit d'une infime quantité de liquide dans les poumons pour détruire les alvéoles. C'est assez rare, mais la victime peut décéder entre quelques minutes et plusieurs jours après l'immersion. Cela s'appelle la noyade sèche, confirma le médecin.

Brunet opina du chef.

— Soit et ensuite Rosier revient par le même chemin, se change et reprend sa place dans l'armoire. Qui l'a poignardé ?

— Ce ne peut être que l'une des trois personnes présentes à l'arrière de la scène : Fontier, Zartoff ou le gendarme Estévenin. On sait que ces deux étaient ensemble, mais ils ont très bien pu faire le coup à deux. Mais honnêtement, je pencherai pour Fontier. Ils auraient pu se disputer pour le collier.

Brunet prit appui sur ses coudes et s'avança vers Jules.

— Et pour le meurtre de Fontier ?

— Là, j'ai du nouveau ! s'exclama le médecin. On l'a poignardé avec une lame longue et effilée, comme je l'ai dit à ces deux-là. Mais regardez ce que j'ai trouvé dans la blessure.

Il sortit de sa poche un petit sachet de papier brun qui contenait un éclat de métal.

— La lame s'est brisée à l'intérieur, dit Brunet. C'est bien, reste à retrouver l'arme du crime.

Jules acquiesça

— Très bien, poursuivit Brunet. On te remercie une nouvelle fois pour ton aide, Monier. À présent, rentre chez toi ou va pêcher un peu. Vous, lieutenant, vous allez me fouiller ce théâtre de fond en comble ainsi que les appartements des comédiens.

— C'est comme tu veux, Brunet, dit Jules mais moi je sais exactement ce qui s'est passé et qui a tué qui. Mais c'est toi qui vois

CHAPITRE XIV

Le soleil était encore haut dans le ciel lorsque les cloches de la Collégiale sonnèrent l'Angélus. Par la fenêtre du bureau de Zartoff, on apercevait le campanile en fer forgé qui dominait l'édifice. Malgré la ponctualité et la précision des appels liturgiques, Arthur Fayard ne put s'empêcher de tirer sa grosse montre en or de la poche de son gilet pour montrer son impatience. Elle indiquait, sans surprises, sept heures.

Paul Perlud, Charlotte Duplantier, le gendarme Estévenin, Ricardo Zartoff, le médecin légiste étaient également présents et semblaient attendre avec une certaine anxiété.

— Est-ce que cette mascarade n'est pas bientôt finie ? maugréa Fayard à l'intention du commandant Brunet qui patientait, bras croisés, à demi assis sur le bureau du directeur du théâtre.

— Il n'y en a plus pour très longtemps, monsieur Fayard.

— Je vous le souhaite, car vous me faites manquer un rendez-vous important.

Brunet espérait également qu'il ne s'était pas planté en faisant une nouvelle fois confiance à Thibodet et à Monier.

— Et peut-on savoir ce que vos hommes cherchent dans ma chambre ? Ils farfouillent sans doute dans ma lingerie intime, dit Charlotte Duplantier avec un soupçon de provocation dans la voix.

Brunet ne répondit pas. La porte s'ouvrit pour laisser entrer Jules, Thibodet et un autre gendarme.

Ce dernier portait un carton qu'il déposa sur le bureau.

— Bon, à présent ça suffit, je m'en vais, explosa Fayard en se levant.

Le gendarme s'interposa.

— Vous n'irez nulle part pour l'instant, monsieur Fayard annonça Thibodet sur un ton péremptoire.

L'industriel, surpris par ce langage autoritaire auquel il n'était pas habitué se rassit. Ses doigts, pianotant sur le pommeau de sa canne, disaient : « nous réglerons les comptes plus tard ».

Brunet lança un regard plein d'inquiétude à Jules

— C'est une plaisanterie ! s'exclama Charlotte Duplantier. Ne me dites pas que nous avons été convoqués à la demande d'un pêcheur de Sorgue. La Gendarmerie n'est plus ce qu'elle était.

Jules sourit.

— N'ayez crainte, mademoiselle. Il n'y en aura pas pour longtemps. Et je pense que la résolution de cette affaire doit vous intéresser. Après tout, vous y êtes directement mêlée.

On eut dit qu'elle venait de prendre une gifle.

— Mais je n'ai rien avoir avec tout ça, moi. Je suis une victime. C'est moi qui ai été volée. Pour ce pauvre Rosier j'ai le meilleur des alibis.

— Votre façon de procéder est une honte, commandant Brunet, s'insurgea Fayard. Je vous prie de croire que votre carrière est derrière vous.

— Voulez-vous bien vous taire et le laisser continuer, monsieur Fayard ! ordonna Brunet.

Il fit signe à Jules de poursuivre.

— Puisque nous parlons de vous, mademoiselle, pourriez-vous me dire pourquoi vous ne portiez pas votre collier en diamant, lors de la dernière représentation ?

Charlotte Duplantier porta machinalement une main à son cou. Elle jeta un œil vers Fayard.

— C'est très simple. Curieusement depuis quelques jours, ce bijou déclenche chez moi de terribles crises d'urticaires. Ce soir-là, c'était encore plus fort que d'habitude. J'ai dû mettre un onguent que m'a donné le médecin.

Jules sortit un petit flacon de verre plein d'un liquide laiteux du carton posé sur la table.

— Nous avons trouvé ceci, dans vos tiroirs.

— Il s'agit d'un produit pour nettoyer les métaux précieux. Et alors ? questionna Charlotte.

— Nous avons découvert le même en fouillant chez monsieur Fontier.

— C'est bien possible, puisque c'est lui qui me l'a procuré, répondit l'actrice avec un peu de lassitude dans la voix.

Elle ne voyait pas où Jules voulait en venir. Ce dernier ouvrit les deux flacons et les fit passer au médecin.

— Sentez, docteur ! dit-il.

Le légiste fit une grimace en reniflant la fiole trouvée dans la chambre de Charlotte Duplantier.

— Il y a quelque chose de corrosif, là-dedans.

— De l'extrait d'Euphorbe ?

— Possible !

Jules récupéra les deux flacons, les reboucha soigneusement et les rangea dans le carton.

— C'est bien ce que je pensais. Nous avons retrouvé un véritable nécessaire de chimie dans l'atelier de Fontier.

— C'est normal, dit Zartoff, puisqu'il s'occupait de l'entretien et des réparations dans le théâtre. Et si tu nous expliquais à présent où tu veux en venir.

Jules s'exécuta.

— Voilà comment les choses se sont passées. Charles Rosier avait, dès le début, jeté son dévolu sur la rivière de diamants de mademoiselle Duplantier. Il devait simplement attendre une opportunité pour la dérober. Et cette opportunité, c'est Émile Fontier qui la lui a fournie. En effet nous savons que ce dernier avait découvert, dans sa jeunesse, le souterrain qui conduit de la collégiale jusqu'au Grand Café de la Sorgue. Il en a parlé à Rosier qui a vite compris l'avantage qu'il pourrait tirer de cette information. Cyprien Fériaud, le cabaretier, m'a révélé que c'est Rosier qui avait insisté pour louer le premier étage afin d'héberger la troupe.

— Effectivement, dit Paul Perlud, resté silencieux jusque là, c'était lui qui avait voulu se charger des réservations. Il nous avait dit que tous les hôtels de l'Isle étaient pleins.

Jules hocha la tête.

— C'était faux. Il fallait absolument que vous soyez tous logés au Grand Café, où aboutissait le souterrain, pour que son plan puisse marcher. Lorsque la date du vol fut décidée, il était également indispensable que mademoiselle Duplantier laisse son collier dans sa chambre…

— Et c'est là qu'est intervenu Fontier, en lui fournissant une lotion nettoyante bourrée d'un produit urticant, l'interrompit le commandant Brunet qui venait de comprendre. Mais pourquoi élaborer un plan aussi compliqué ?

— Eh bien, reprit Jules, Rosier était sur la sellette depuis son affaire d'escroquerie contre monsieur Perlud. Il avait besoin d'argent pour éponger ses dettes, mais il risquait d'être soupçonné, si le collier était subtilisé. Alors quel meilleur alibi que deux cents personnes prêtes à jurer que vous étiez avec elles ?

— Sauf que les choses ne se sont pas déroulées comme prévu, intervint Thibodet. Le soir du vol, Fontier a laissé la porte de la réserve ouverte. Rosier s'est glissé à l'intérieur, est descendu dans le souterrain, après s'être changé rapidement, a couru vers le passage secret du Grand Café, a dérobé la rivière de diamants, mais au moment de revenir, le boyau s'est soudainement retrouvé inondé à cause de l'orage qui s'était déclenché, cette nuit-là.

— Et c'est à ce moment qu'il a inhalé de l'eau compléta le médecin. À partir de là, il ne lui restait que quelques minutes à vivre. Quelques minutes suffisantes pour qu'il réussisse à regagner le théâtre, reprendre ses vêtements de scène et s'engouffrer dans l'armoire truquée. Mais il devait être sacrément mal, avoir des difficultés respiratoires, des pertes d'équilibre…

Jules reprit la parole

— Cela, il faudrait le demander à la dernière personne à l'avoir vu en vie. Celle qui, ne sachant pas qu'il mourrait, lui a planté un couteau dans la poitrine.

— Et peut-on connaître le nom de cette personne ? interrogea Fayard qui semblait porter un intérêt soudain à l'affaire.

— Eh bien il n'y a que trois de nos suspects qui se trouvaient du côté de la réserve, ce soir-là : Fontier, Zartoff et Estévenin. Et comme ces deux derniers ont un alibi solide…

— Peut-on savoir lequel ? questionna Fayard.

— Cela ne vous regarde pas ! répondit sèchement Brunet.

Jules poursuivit son explication :

Comme je le disais, donc, seul Fontier a eu le loisir de commettre le crime. Je suppose que les deux hommes se seront disputés pour la garde du collier.

— C'est bien, tout ça, mais il me faut des preuves, dit le commandant Brunet.

Jules sortit du carton une combinaison roulée en boule et maculée de vase.

Voici la tenue qu'avait enfilée Rosier, pour commettre son larcin et que le meurtrier a récupéré pour brouiller les pistes. Nous l'avons trouvée dans l'appartement de Fontier, avec ce couteau, dont je suis certain que notre cher docteur confirmera qu'il s'agit de l'arme du crime.

— Et le collier ? questionna Fayard, anxieux.

Jules prit un moment pour répondre. Il sortit du carton plusieurs liasses de billets qu'il jeta sur le bureau.

— C'est que l'affaire est un peu plus compliquée qu'il n'y paraît, finit-il par dire. Monsieur Fayard, combien vaut cette rivière de diamant.

— Dans les dix millions !

— C'est beaucoup d'argent pour offrir un bijou à sa maîtresse…

— Ce que je fais de mon argent ne te regarde pas ! le coupa brutalement Fayard.

Jules fit signe qu'il était d'accord.

— Pour une maîtresse qui vous trompe, voulais-je dire.

Charlotte Duplantier se leva d'un bond, mais Fayard lui fit signe de se rasseoir. Elle obéit sagement. Jules poursuivit :

— J'imagine qu'un tel joyau doit être difficile à revendre ?

— Quasiment impossible, à moins d'avoir des contacts dans le milieu des affaires rétorqua l'industriel en se calant contre le dossier de sa chaise.

— Des contacts dans votre genre ? intervint Thibodet.

— Non, mais dis donc, espèce de freluquet, tu sais à qui tu parles ?

Jules poussa une liasse de billets devant Fayard.

— Monsieur Fayard, la prochaine fois que vous commanditerez un vol aussi important, songez à ne pas payer vos complices avec des billets neufs dont les numéros ont été saisis par la banque.

Charlotte Duplantier se leva d'un bond et se précipita vers le gros homme, ongles en avant. Thibodet la stoppa dans son élan.

— Espèce de salop, tu voulais me reprendre le collier, mais tu n'as même pas eu les couilles de le faire toi-même. D'ailleurs, mieux vaut ne pas parler de cette partie de ton anatomie que je n'ai jamais vraiment réussi à débusquer.

Fayard éclata de rire et la traita de tous les noms d'oiseaux. Puis il se tourna vers Jules.

— Et après, j'ai donné de l'argent à un ami et même si c'était pour récupérer un objet m'appartenant, ça n'a rien de répréhensible. Comme je te l'ai dit, je fais ce que je veux de ma fortune.

— Je pense que ça intéressera tout de même la compagnie d'assurance que vous avez tenté d'escroquer, monsieur Fayard, poursuivit Jules. Et puis je suis assez étonné que vous n'ayez pas demandé où se trouvait votre précieuse rivière de diamants, à moins que vous ne le sachiez déjà.

Ce dernier haussa les épaules et se renfrogna.

Brunet se tourna vers Jules.

— Et pour le meurtre de Fontier.

— J'imagine qu'après avoir liquidé son complice, Fontier a voulu faire cavalier seul. Mais il s'est attaqué à trop forte partie. Une dispute a éclaté et Fayard l'a tué, avant de récupérer le collier.

L'industriel éclata d'un rire gras. Il se leva et frappa de sa canne sur le bureau.

— Allons commandant, à présent on arrête les idioties. Virez-moi ce civil et faites votre boulot vous-même. Coffrez-moi le vrai coupable et ne m'emmerdez plus. Des preuves, il vous faut des preuves pour accuser les gens !

— Je constate que l'émotion fait craquer le vernis de votre éducation, monsieur Fayard, restez assis, s'il vous plaît ! répondit du tac au tac l'officier de gendarmerie.

Jules s'avança vers le gros homme.

— C'est une jolie canne que vous avez là, monsieur Fayard. Puis-je la voir ?

— Il n'en est pas question, elle me vient de mon père et j'y tiens.

D'autorité, Thibodet lui enleva l'objet des mains, provoquant une vague de protestation chez l'industriel. Il tendit la canne à Jules qui tira sur la poignée faisant apparaître une fine lame brillante. Il fit mine de porter un coup d'estoc au légiste et arrêta la pointe juste sous son nez.

— Ça pourrait être l'arme qui a tué Fontier ? demanda le pêcheur.

Le médecin chaussa ses lorgnons et observa attentivement la lame.

— Je peux vous affirmer que oui et il me semble que j'aperçois des traces de sang, ici, dit-il en désignant de l'index des marques brunes qui ternissaient l'acier.

— J'ai dû me défendre contre un chien enragé, rétorqua l'industriel.

— C'est possible, répondit l'homme de l'art, mais pour affirmer que c'est bien l'arme du crime, je ne me référais pas aux taches de sang. Je parlais de ceci.

Il sortit de sa poche un petit sachet brun dont il fit glisser le contenu dans sa main. Il s'agissait du morceau de métal trouvé dans la plaie d'Émile Fontier. Il l'apposa contre la pointe manquante de l'épée sur laquelle il s'ajusta parfaitement.

— Je suppose que nous découvrirons le collier dans votre coffre ? affirma Brunet.

Fayard prit un air méprisant et croisa les bras.

— À partir de maintenant, je ne vous dirais plus rien, sans avoir vu mon avocat. Tout ça va vous coûter cher, je vous rappelle que j'ai un alibi pour le meurtre de Fontier, j'étais au Cercle de la Concorde.

Brunet éclata de rire.

— Lorsque nous avons expliqué à vos amis qu'un faux témoignage les conduirait à l'échafaud aussi sûrement que s'ils avaient eux-même commis le crime, ils vous ont tous lâchés.

ÉPILOGUE

Les orages intempestifs avaient cessé depuis plusieurs jours. On s'avançait vers un magnifique été indien. Le ciel était d'un bleu profond et les eaux émeraude de la Sorgue s'étiraient mollement entre Fontaine-de-Vaucluse et le partage des eaux. Des bateaux de pêche glissaient silencieusement sur le miroir liquide, sous lequel on apercevait, ondulant dans le courant, de longues algues dont les couleurs allaient du vert tendre au brun foncé.

Les truites, tranquilles, ne fuyaient pas, comprenant peut-être que c'était jour de repos pour les hommes de la rivière.

Ces derniers, en tenue du dimanche, fiers à l'arrière de leurs esquifs poussaient sans effort sur les partègues. Jules, droit comme un I était en tête. Dans son bateau, Mariette et Charlotte Duplantier riaient et plaisantaient comme deux vieilles amies. Plus loin, Thibodet conduisait maladroitement une barque dans laquelle Violette tentait de s'agripper à chaque manoeuvre un peu trop brutale de son époux. Elle regrettait un peu de ne pas avoir embarqué avec Mariette et Charlotte, mais Thibodet avait tellement envie d'apprendre à mener ces barcasses instables que, pour lui faire plaisir, elle avait accepté de prendre le risque de tremper sa jolie robe dans les eaux froides de la Sorgue.

À chaque fois qu'il faisait tanguer le bateau trop fort, des bouillons d'eau entraient dans celui-ci, provoquant les rires des pêcheurs. Mais il y en avait toujours un pour lui donner un bon conseil, si bien que, lorsque l'armada arriva en vue de l'îlot où se trouvait le cabanon des pêcheurs, le gendarme avait presque assimilé les manoeuvres de base.

Les embarcations abordèrent pratiquement toutes en même temps et les victuailles furent déchargées.

Charlotte qui avait révisé son point de vue sur les pêcheurs, grâce à Jules, avait décidé de leur offrir ce pique-nique.

Depuis leur départ de Bouigas, Jules affichait, en regardant les deux femmes dans son bateau, ce petit sourire énigmatique que Mariette ne connaissait que trop bien. L'histoire n'était pas tout à fait terminée.

Un grand feu fut allumé et des viandes furent mises à cuire. Bientôt, l'air s'emplit d'une odeur de graisses rissolées. Des nappes furent étendues sur le sol, le vin et les apéritifs coulèrent à flots.

Jules attisait les braises rougeoyantes, lorsque Mariette s'approcha doucement de lui et le prit par la taille.

— Toi, tu caches quelque chose, mon chéri.

Le pêcheur émit un petit rire nerveux, comme il le faisait à chaque fois qu'il tentait d'esquiver une question de Mariette.

— Allez ! insista-t-elle, tu sais que de toute manière, je vais te faire parler.

Toujours le sourire aux lèvres, Jules resta imperturbable. Ce n'est que plus tard, après que le vin eu beaucoup coulé dans les gosiers qu'il devint plus loquace.

On en vint bien sûr à évoquer ce que tout le monde nommait à présent l'affaire Fayard.

Jules expliqua :

— En réalité, lorsque Fayard a rencontré Rosier, à Avignon, ce n'était pas pour le dissuader de courir après Charlotte, mais pour lui proposer de voler le collier. Il lui a fait une avance substantielle qui lui a permis d'acheter Perlud, afin qu'il retire sa plainte.

— Tous des salauds, ces bourgeois ! cria quelqu'un dans l'assemblée.

— Cela dit, pour dix millions, je ne sais pas ce que j'aurais fait, dit une femme opulente, dont les joues étaient un peu rougies par le vin.

— Oh, toi, bien sûr, dès qu'il s'agit d'argent, rétorqua son mari.

— Dix millions, dix millions… Dix sous, plutôt.

— Qu'est-ce que tu veux dire, Jules ? cria Arnaud.

C'est Thibodet qui prit la parole.

— Il veut dire que, ce matin, nous avons reçu le rapport d'expertise du collier et que c'était un faux. Ces gens se sont entretués pour quelques morceaux de verre.

Un lourd silence descendit sur les pêcheurs. Charlotte était livide.

— Mais comment est-ce possible. Il y avait un certificat en bonne et due forme, avec la rivière de diamants.

Son émotion toucha toute l'assemblée.

— Quel salaud, ce Fayard. Plein de sous et mesquin à offrir de faux bijoux.

Jules avait du mal à contenir un fou rire.

— Non, Fayard a bien acquis une véritable rivière en diamants authentiques. Mais entre l'achat et la saisie dans son coffre, les pierres précieuses se sont changées en verre. Comme dit Thibodet, tout ça pour rien !

Charlotte avait les larmes aux yeux. Mais alors, où est-il ce collier à présent ? Comme l'a expliqué Fayard, il est invendable.

Jules écarta les bras pour signifier qu'il ne savait pas.

— Peut-être au fond de la Sorgue, ou bien les pierres ont été démontées et négociées à l'unité, dit-il.

Deux jours plus tard, Mariette était occupée à préparer son repas, lorsque le facteur toqua à la fenêtre de sa cuisine. Elle essuya rapidement ses mains sur son tablier.

— Un colis pour toi, Mariette, dit-il en lui tendant un petit paquet entouré de papier brun.

Dès qu'il fut parti, elle déchira l'emballage qui contenait une boîte en carton. Elle l'ouvrit et poussa un cri de surprise en découvrant, accroché à une chaîne en or, un magnifique diamant qui renvoyait en éclats la lumière qui entrait par la fenêtre.

Il y avait un petit mot :

Pour une amie qui a su trouver un merveilleux style de vie. Et c'était signé CD.

Mariette un instant surprise, éclata de rire en se souvenant de l'attitude de Jules, qui avait probablement tout compris et à la réaction de Charlotte, durant le pique-nique. Quels acteurs, ces deux là, pensa-t-elle en accrochant le bijou à son cou.

Les Chroniques de l'Isle-sur-Sorgue

La note historique

Les Trèfles

Pascal Massini et Gabrielle Pallut

Tandis que la Première Guerre mondiale tirait un trait d'union sanglant entre la fin de la Belle Époque et le Début des Années folles, le Caf' Conc connaissait ses heures de gloire. Mis en sommeil durant le conflit, de nombreux artistes se réapproprièrent bien vite les salles de spectacle dès que les canons se turent. Et si nombre d'entre eux préférèrent brûler les planches parisiennes, il faut savoir que les scènes provinciales et notamment méridionales étaient également très prisées des chansonniers, acteurs et dramaturges.

Il en fut ainsi des Trèfles, un couple d'artistes qui avait entamé, avant-guerre, une belle carrière de duettiste. Ils étaient originaires d'Avignon. À cette époque, la cité des Papes, déjà considérée comme une capitale d'art et de culture, produisait une foule de talents. Du coup, imprésarios, agents artistiques et lyriques y pullulaient. Et l'on raconte que la plupart avaient leurs habitudes dans les cafés de la place de l'Horloge, qui vit passer un nombre impressionnant d'artistes et de comédiens.

Les Trèfles étaient de ces figures incontournables des Années Folles. Leur numéro de duettiste connut un beau succès sur les scènes parisiennes, ainsi que dans une partie de l'Europe. Mais, si la capitale était une plaque tournante pour le Caf' Conc, un lieu primordial pour qui voulait être en haut de l'affiche, le duo n'en revenait pas moins toujours dans sa Provence natale pour y exercer son art.

Leur aventure commune avait débuté par une rencontre amoureuse, en 1910. Lui s'appelait Pascal Massini et elle, Gabrielle Pallut. Il était petit et gros et jouait à merveille les vieux beaux et les libertins, elle était grande et mince et interprétait les ingénues.

Leur nom d'artiste venait d'un surnom attribué à Pascal dès son enfance — il naquit en 1883 —, en raison d'un capital chance extrêmement élevé.

D'ailleurs, cette chance lui sauva la vie à plusieurs reprises, au cours de la Grande Guerre.

Les Trèfles avaient pour agent artistique, l'un des plus en vue de la cité avignonnaise, un certain Guigue qui leur décrochait de nombreux contrats, mais qui, comme la plupart des imprésarios n'hésitait pas à payer ses poulains le moins possible, afin d'empocher de plus juteuses commissions.

Ceci expliquant que, malgré leurs succès, les Trèfles ne firent jamais fortune, à l'instar de beaucoup de leurs congénères scéniques.

Alors, à l'heure de la retraite, quand ils furent trop âgés pour exercer leur art, ils décidèrent de s'installer à L'Isle-sur-la-Sorgue où ils vécurent de peu, mais sans doute heureux et un peu nostalgiques de leur gloire passée. Ils habitaient sur la place aux grains. Lui était marchand forain et elle vendait des articles de mercerie, de la lingerie, mais également, sur la fin, des livres d'occasions.

Massini mourut une dizaine d'années avant Gabrielle qui avait dressé son petit stand près du cinéma, en face du clocher de la Collégiale. Les L'Islois la surnommaient affectueusement Tréflette et les plus anciens se souviennent encore d'elle.

Quelques années plus tard, elle entra à l'hospice de L'Isle-sur-la-Sorgue où elle décéda en 1964 à l'âge de 73 ans. Elle fut inhumée dans le carré des indigents.

Avec la mort de Tréflette, c'est toute une époque qui prit fin, celle de l'insouciance des Années folles, du Swing, du Jazz et du Charleston.

Anecdote

Les anciens se souviennent aussi que Tréflette vendait des préservatifs cachés dans des coquilles de noix, à la sortie du Cinéma. Discrétion oblige.

Dans la presse, à cette époque

JOURNAL INCONNU - VAUCLUSE

Vaucluse — Au début d'une représentation donnée au Cinéma-Théâtre de L'Isle-sur-la-Sorgue, près d'Avignon, une bande de films a brusquement pris feu. Les flammes ont provoqué une panique au cours de laquelle plusieurs personnes ont été contusionnées.

LA GAZETTE - 13/07/1891

Mystérieux suicide d'un marchand de diamants. — Un des gros négociants en diamants de la capitale, Ywan Schiff, âgé de trente-cinq ans, demeurant 30, rue Lafayette, s'est suicidé hier matin. On se perd en conjectures sur le mobile qui a pu pousser ce négociant à se donner la mort. Les affaires de M. Schiff étaient des plus brillantes ; le défunt laisse même un million à ses héritiers. Plusieurs legs importants sont faits à différentes personnes. Avant-hier soir, M. Schiff se coucha à son heure habituelle. À cinq heures, il se levait, écrivait deux lettres, puis se rendait aux water-closet. Tout à coup, Mme Schiff fut mise en émoi par un coup de feu. Cette dame donna l'éveil et les domestiques découvraient bientôt le cadavre de leur maître. Le malheureux s'était tiré une balle dans la poitrine. Le projectile avait traversé le cœur. La mort avait été foudroyante. M. Mouquin, commissaire de police est venu procéder aux constatations d'usage.

LE PETIT JOURNAL - 01/01/1898

Vacher transféré à Lyon — Vacher, a quitté Belley ce matin, à cinq heures quarante-cinq, pour être transféré à Lyon, où il sera examiné par les médecins aliénistes. Il n'a pas fallu moins de cinq gendarmes pour maîtriser le tueur de bergers qui ne voulait pas partir et opposait une vigoureuse résistance. On a dû le porter ligoté et non sans qu'il se défendît encore, de sa cellule dans la voiture qui l'a conduit à la gare et ensuite de la voiture dans le train. Il a brisé plusieurs glaces – du break et a poussé, pendant plusieurs heures des cris assourdissants. Vacher était incarcéré à Belley depuis le 9 septembre dernier.

LA LIBERTÉ - 28/01/1898

Polémique autour de l'enlèvement d'une croix à l'Isle — Les journaux catholiques protestent avec une indignation très justifiée, contre l'enlèvement d'une croix qui a eu lieu dernièrement à l'Isle-sur-Sorgue, dans le département de Vaucluse, par ordre d'un conseil municipal qui prend le fanatisme jacobin pour de la libre-pensée. Cette croix avait possession d'état, car elle était là depuis soixante-douze ans. Nous ne pouvons que blâmer cet acte odieux d'intolérance stupide, mais les catholiques doivent reconnaître que les impies de l'Isle-sur-Sorgue se sont contentés de descendre l'effigie de l'homme-Dieu sans la briser et l'ont portée soigneusement à l'église. Voilà des procédés qui sont incontestablement plus civilisés que ceux des pieux dévots de France et d'Algérie qui non contents de crier mort aux juifs, mettent leurs menaces à exécution, pillent les demeures de ceux qui professent un autre culte, incendient leurs usines, et souillent avec une ferveur apocalyptique leurs temples et leurs tabernacles. L'avantage est donc aux athées de la petite localité célèbre par sa chapelle de Saint-Pancrace et connue comme patrie du marquis de Sade.

LE GAULOIS - 11/09/1898

Sissi, impératrice d'Autriche assassinée par un anarchiste italien — Une sinistre nouvelle se répandait hier soir, à quatre heures, dans Paris. Le bruit courait d'un attentat contre l'impératrice d'Autriche.

Quelques instants après, les journaux du soir paraissaient avec cette dépêche donnée sous toutes réserves par l'agence Havas

Genève, 10 septembre.

L'impératrice d'Autriche avait quitté à midi quarante l'hôtel Beaurivage et se rendait à l'embarcadère des bateaux à vapeur, quand elle fut assaillie brutalement et frappée par un individu. Elle tomba, se releva bientôt et gagna le bateau, où elle perdit connaissance.

Le capitaine, sur les instances des personnes de sa suite, se décida à ordonner le départ, mais le bateau stoppa bientôt et il revint à l'embarcadère. L'Impératrice ne reprenant pas connaissance, on la transporta à l'hôtel Beaurivage sur une civière improvisée. Elle expira quelques instants après.

On constata qu'elle avait reçu un coup de stylet dans la région du cœur.

L'assassin est arrêté. C'est un anarchiste italien. L'émotion produite à Paris par la nouvelle de ce crime stupide et lâche ne peut être comparée comme intensité qu'à celle qui se manifesta quand on apprit l'assassinat du président Carnot. À cinq heures, une nouvelle dépêche confirmait la précédente et donnait le nom de l'assassin, un anarchiste italien, né à Paris, nommé Luccheni.

LE FIGARO - 24/02/1898

Émile Zola jugé pour diffamation pour son J'accuse ! — Émile Zola : un an de prison, 3 000 francs d'amende, sans circonstances atténuantes. Le gérant de l'Aurore : quatre mois de prison et 3 000 francs d'amende.

Il est six heures et demie au moment où M. Labori achève sa réplique. M, le président demande à M. Émile Zola et à M. Pérrenx, gérant de l'Aurore, s'ils ont quelque chose à ajouter pour leur défense. Les deux prévenus répondent négativement. M. le président Delegorgue [...] donne lecture au jury des questions qui lui sont posées.

Ces questions sont au nombre de deux : 1 Perrenx est-il coupable d'avoir commis une diffamation publique envers les, membres du 1er Conseil de guerre de Paris, en imprimant qu'il avait acquitté, par ordre, un coupable ? 2 Émile Zola s'est-il rendu coupable du délit de diffamation ci-dessus spécifié, en fournissant à Perrenx les moyens de le commettre ?

Les jurés se retirent pour délibérer. À sept heures dix, ils rentrent en séance et le chef du jury, la main sur son cœur, donne lecture du verdict : ! [...]La réponse du jury est : en ce qui concerne M. Perrenx : Oui, à la majorité ; en ce qui concerne M. Émile Zola : Oui, à la majorité. Le verdict est muet sur les circonstances atténuantes.

LA RÉPUBLIQUE FRANÇAISE - 14/09/2021

Obsèques de Stéphane Malarmé — Les obsèques de Stéphane Mallarmé ont été célébrées, dimanche, dans la petite église de Valvins. Trois cents littérateurs et artistes étaient réunis, dès trois heures, dans le jardin qui, de la petite maison cachée sous les arbres, descend vers la rivière.

Beaucoup avaient apporté des fleurs et dos couronnes. Parmi ces fidèles, venus pour témoigner une dernière fois leur sympathie au maître, se trouvaient MM. José-Maria de Heredia, Antonin Proust, Henri de Regnier, Rochegrosse, Point, Léon Dierx, Rodin, Renoir et de nombreux écrivains entre ceux qui avaient reconnu dans Stéphane Mallarmé le prince des poètes.

LE PETIT TEMPS - 17/06/1898

Première exposition automobile au Jardin des Tuileries. L'automobile a une destinée aussi brillante que la bicyclette. — Nous avons annoncé hier l'ouverture de l'exposition d'automobiles organisée par l'Automobile club de France. Les visiteurs s'y sont pressés en foule, hier et aujourd'hui, et ont admiré les progrès réalisés en ces dernières années par cette industrie. Il y a, en effet, des modèles de voitures qui datent de 1885. Ce sont de vraies locomobiles, informes, lourdes, avec de hautes cheminées, des appareils massifs qui occupent l'avant-train et s'élèvent devant le siège du conducteur qu'ils encombrent.

Les automobiles d'aujourd'hui, et le dernier mot n'est pas dit et ne sera pas dit avant longtemps, car chaque jour apporte des modifications et des simplifications nouvelles, sont légères, quelques-unes de forme élégante et d'un mécanisme habilement dissimulé.

L'empressement qu'a mis le public à répondre à l'invitation des organisateurs de cette exposition montre que l'automobilisme a des destinées aussi brillantes que la bicyclette. Mais l'exposition offre assez d'attraits par elle-même pour que ceux qui n'achètent pas y trouvent un grand intérêt. Ils écoutaient les renseignements techniques que donnaient les constructeurs et cette réunion mondaine, où l'on parlait électricité, multiplication de vitesse, volts, etc., prenait l'aspect d'un cours libre de sciences appliquées.

Cette première exposition de l'Automobile-club de France a obtenu un incontestable succès.

Les anciens numéros des Chroniques :

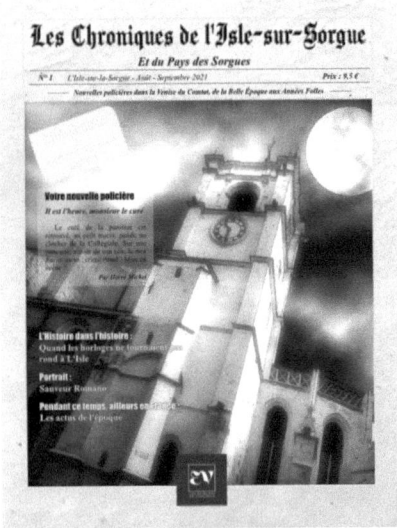

SOMMAIRE DU N° 1

- Mini-roman policier : ***Il est l'heure, monsieur le curé***
- Portrait : Sauveur Romano
- L'Histoire dans l'histoire : quand les horloges ne tournaient pas rond à L'Isle
- Pendant ce temps, ailleurs en France : les sujets qui occupaient la presse de l'époque.

Pour commander les anciens numéros des Chroniques de L'Isle-sur-Sorgue au format papier ou numérique, rendez-vous sur le site des éditions du Venaissin :

www.editionsduvenaissin.fr

ou scannez le QR code ci-dessous.